Once we own them we must take care of them,
love them and have our faith in them.

一旦養了牠們，請照顧牠們、愛牠們、對牠們有信心。

My Sunshine, My Baby

我的陽光 我的寶貝

My Sunshine, My Baby

寵物真情物語

大都會文化　編輯部◎編著

My Sunshine, My Baby

小編的話

籌辦這次寵物心情故事徵文活動，主要是想回饋關懷動物的讀友們。小編自己也養了不少寵物，四隻狗、兩隻貓、一隻倉鼠，卻能和平共處，很令人驚訝吧！雖然大家一起擠在租屋裡有點委屈，雖然每個月荷包總是吃緊，雖然日子太不平靜，但依然甘之如飴。

因此，當我看到網路上有那麼多讀友們想和大家分享愛寵物的這份心，讓每個人認識自己引以為傲的寶貝，我真的覺得很感動，這個世間還是很溫暖的！於是辦起徵文活動，想盡一份心力，為大家圓夢。

透過網路電子郵件相傳，受到許多人支持，紛紛投稿而來，實在令小編作夢也微笑啊！弘　、瓊婷、宇馳、RuRu、先碧、書瑜、奕璇、絜米、小可、惠鈺、Yang、琪琪、莉英、冠昀、淑賢、明皓、貞仁、少英、貓貓、維、白桔梗、巧菁、怡慧，謝謝你們的作品，謝謝你們寶貝的參與。各篇故事讓我一會兒感動到哭，一會兒又捧腹大笑，可是蘊藏最真的情卻能永留心中。

近年來，坊間也逐步掀起寵物旋風，無論狗狗、貓咪、小老鼠、迷你豬或是其他寵物，在在惹人憐愛。而電視電影的影片渲染，報章雜誌的相關新聞，書籍繪本的經驗分享，亦或禮品用具的動物造型，處處都可瞥見寵物的影子，更加深人們對寵物的喜愛。網路上更有成百成千與寵物相關的網站、家族。於是乎，小編企圖擴大目標，想藉由這一段段觸人心弦的故事，再吸引更多喜愛、想愛、願

意愛寵物的人們，不僅分享這份感動，也讓這份關愛之情傳遞出去，希望有一天我們的世界不再有被遺棄、被捕殺的流浪動物，畢竟人類的自私不該由動物來受罪，不是嗎？

在此，也提醒各位想養或已經養寵物的朋友們幾件事：

☆選擇飼養寵物之後，請照顧牠到終老往生。中途有意或惡意的遺棄，不僅傷害相信你的牠，也造成社會問題，這是非常不負責任的行為。

☆請多花一點時間在牠身上，和牠說說話、玩一玩，牠不只是陪伴你度過寂寞，牠也需要你的陪伴，畢竟你是牠的唯一。

☆試著了解牠的需求，是餓了？吃得對嗎？身體不舒服？想散步？…要知道不同的品種有不同的飼養方法，絕不能一概而論。

☆耐心教育牠的行為，一味的打罵只會讓問題更嚴重。找出癥結，換種方式，多些毅力與付出，記住糖果與鞭子的運用是潛移默化的。

☆無論何時，無論何處，最最重要的一件事，好好愛牠！

My Sunshine, My Baby

我的陽光・我的寶貝

真情物語—狗狗篇

7

記憶中，十五歲的一個下午是我與長毛相遇的時刻。那天我帶著解脫的心情快步由學校返家，離開學校正表示我的一天才正要開始，當我三步併成兩步進入家門時，第一眼見到的是一團白色的毛球，黑色的眼珠藏在捲曲的體毛下，尖銳的幼犬叫聲伴隨著不安的躁動，這就是長毛進入我生活的第一天。

長毛是一隻梗類的混種犬，通俗一點叫雜種狗，見到他時大約才40天大，我們兄弟輪流用流質食物把他養大。成犬的長毛有著長而密的體毛，前額瀏海蓋住眼睛卻蓋不住他狡獪的眼神，中等精瘦的體型配上浪人般的性格，喜歡兜風、交友廣泛、好打抱不平是他的嗜好，鄰近的野狗都知道他是混我們中正區的扛霸子。他喜歡搭速客達機車兜風，只要聽到鑰匙聲就會興奮得亂跳。清晨六點，他會和附近的狗兄弟巡視地盤，你會看見六隻狗在附近的街上狂奔巡守著沿路的電線桿，幾滴尿表示他們到此一遊。搶死老鼠似乎是他們的最愛，狗兄弟們按輩分輪流在死老鼠身上打滾，把自己的體味混上老鼠的屍臭，看在我們眼裡這真是令人作噁的遊戲，但他們卻樂此不疲。

小時候家裡開店做生意，所以並沒有特別限制長毛的行動，他也和我們有默契，因此我們並沒有刻意將他鏈住，這導致他和送報先生的交惡，樑子也就這樣結下了。

長毛

作者：蔡弘一
演出者：長毛

9

如果你仔細的觀察狗，你會發覺狗有著和人一樣的習性，例如自以為是，常因為不懂人情世故，犯錯了還豎起尾巴洋洋得意。長毛和送報阿伯的恩仇是這樣開始的：3歲的長毛個性中帶著野性、愛耍小聰明，但盡忠職守，不知何時開始長毛會在早晨六點半起，守在鐵門後等待早報的送達，當阿伯熟悉的機車聲傳來時，長毛已警戒在門後，喉嚨不時發出低吼，就在早報由門縫下塞入的那一刻，長毛的情緒沸騰到了高點，他使力地咬住報紙，連甩帶拖的猛扯，誇張的動作彷彿警告入侵者擅自進入的下場就是如此，每次當他「教訓」過當天的早報後，頭版的新聞早就難以辨認，但長毛就是這麼堅持的認為這是他的職責而且不容侵犯。

自我膨脹不是人的專利，狗也是如此，幾個月後長毛把他值班的權限擴大到下午，送晚報的歐巴桑從此恨他入骨。下午是開店的營業時間，所以少了鐵門的屏蔽晚報阿桑可就沒早報阿伯幸運，但長毛是不會同情他所追逐的獵物，每天都少不了我老母大聲制止的呼喝聲加上晚報阿桑的驚叫聲，梗類犬的短距離衝刺能力實在不可小看，長毛每天持續縮短和晚報阿桑褲管的距離，到後來逼得阿桑只能以空投方式完成工作。當然，人的忍耐是有限度的，晚報阿桑決定教訓一下長毛也是人之常情。

某天下午，長毛一如往常巡守他的地盤後，囂張的躺在店門口打哈欠伸懶腰，卻不知他的劫數難逃，正所謂如是因造如是果。下午四點半送報阿桑照例騎車出現在街頭，長毛當然也以戰鬥蹲姿戒備，距離一碼一碼的接近，80、70……50碼進入長毛的衝刺距離，長毛一個箭步躍出，嘴邊還拖著幾絲睡液邊跑邊滴，那天晚報阿桑也一反常態沒做閃躲的打算，在距離進入20碼時，阿桑右手穩住車速，左手順勢抽出木製一米長的報夾，連揮帶打的向長毛臉上招呼，不知死活的長毛沒見過傢伙的厲害，還一個勁兒往前衝，報夾也就不偏不倚的擊中長毛的鼻樑，當時疼痛難忍也就顧不了面子，長毛夾著尾巴哀嚎的跑回店裡，躦進桌底哭叫了好一陣才停。大家都以為這下他學乖了，不會再在街頭逞兇鬥狠，但我們都錯了。長毛把帳算到其他人身上，此後舉凡身上有油墨味的他都不會客氣，例如發海報的小弟、郵差，當然少也不了送報的。最後為了怕他傷人，我們只好把長毛鏈住，但在他留海下的眼神我知道他仍然憤憤不平。我的長毛就是這麼一隻倔強的狗。

漫步在公園裡

作者：姚瓊婷
演出者：妮妮

漫步在公園裡，裡頭的溜狗人群們，正丟著飛盤，而愛犬也正飛奔前進，討主人歡心！看著眼前這幕情景，不經意的觸碰到深深烙印在我心房深處那段淒美的回憶。「妮妮」是我養的第一隻拉布拉多狗狗，牠有著一身純白的短毛，一對深褐色的眼珠。還記得牠第一天來到家裡，馬上在地毯上撒了一泡尿，媽媽馬上火冒三丈、怒斥大吼：「你們這群狗奴才，花錢買隻狗來折磨自己，真不知道你們在想什麼！」但是，當時在我的心中，我已經決定要好好的照顧牠！

妮妮剛來到家裡，爸爸將牠安置在房間外的籠子，第一天晚上，當我們正進入夢鄉時，剛離開狗媽媽的妮妮，以一道叫聲劃過寧靜的天空，似乎訴說著牠的寂寞，看著牆上的時鐘，都已經凌晨三點多，而我不遲疑馬上起身拿件小外套，迅速到外頭把牠抱回房間，帶著疲倦的雙眼，微躺在床邊，看著牠開心的在房裡跑跳著，咬著我的手，而我摸摸牠，將牠抱在懷中，陪伴著牠……好幾個夜晚，我總是在半夜時分，起身陪伴牠。漸漸地，日子久了，牠似乎體諒了我的辛苦，也習慣了新環境，晚上不再吠叫吵醒我，在這短短的半個月裡，我們培養了深厚的感情。

每當放學回家，我會帶牠去散步，當我和牠恣意奔馳在夕陽的餘暉中，讓汗水洗去我整身的疲憊；當牠搖著尾巴坐在我的身旁時，頃刻間，我感覺到了，是那麼平凡，卻又那麼的真實的幸福。這短短的半年時間，是我人生最美的回憶……但是，一場始料未及的風暴即將來臨。

揭開記憶的瘡疤，回想著那痛心的記憶，那一晚，當我補習回家，開心的大喊，我回來了，卻看到妮妮並不在籠子裡，還以為爸爸帶牠出去走走，也不以為意的回房間放東西，打開房門，卻看到爸爸表情凝重的說：「今天下午，妮妮看到外面的野狗，追了過去，剎那間，我聽到一聲哀嚎聲，趕上時，牠已經奄奄一息躺在路旁，虛弱地用手一直勾著我的手，好像訴說著牠的痛苦。當我送到獸醫那，醫生說已經沒救了，牠的內臟都已經碎了，突然間，妮妮吐了一口鮮血，牠就離開了。對不起，爸爸盡力了，我把牠埋在……」還沒聽完爸爸的話，強忍著淚水，我大喊不可能，衝出門外，看著空盪盪的籠

子，諷刺的，籠子旁，竟放著一隻冷冰冰的大鏟子，瞬間我的眼淚奪眶而出，全身無力跌坐在地上，放聲大哭，淚水埋沒我的理智，我逃避，不接受妮妮已經離開我的殘酷事實，也不知道那個悲慟的夜晚，我是怎麼熬過來。

自從那晚，我強烈感受到人類的渺小，生命的脆弱。帶著幸福假面的上帝，當我還沉溺於天堂般的幸福中，祂卻無預警，狠心地推我入地獄的深淵。曾經，我恨祂為什麼要帶走妮妮的生命，為什麼要對我如此的殘忍，為什麼……；好幾次，孤身走在公園裡，看著往來溜狗的人群，搶忍淚水，抬頭問起在天上的妮妮：「妮，你過的好嗎？你知道我很想你嗎？」消沉的日子不知過了多久，我似乎影響到身邊的親人與朋友，直到有一天，爸爸的話點醒了我，他說：「妮妮的死，全家人都很難過，如果又失去了一個開朗的女兒，那該怎麼辦呢？」原來，自己的封閉，受傷的不只是自己，還有最親的家人，我答應爸爸要走出這個陰影，築牆百仞，不如鋪橋一座。

隨著日子的逝去，低頭數數日子，一千多個日子，沖淡心中瘡疤的痕跡，卻洗刷不了我那深刻的回憶，我把妮妮放在心靈深處的寶藏盒，牠將是我

最珍貴的寶物。稍縱即逝的幸福，讓我更加珍惜身邊的人事物，假面的上帝，在轉世輪迴間冥冥的作了安排，讓你無法抵抗。愛狗的夥伴們，唯一的唯一，就是好好愛護疼愛我們最忠實的寶貝吧。

13

家笨李某─布蘭達狗狗

作者：宇馳
演出者：Brenda

Brenda Lee是1997年秋天我從路上撿回家的流浪狗，想起當時她髒兮兮的模樣，能遇到我也算是她的福氣了。剛開始我還怕抱回去會被父母罵，所以特地幫她洗澡，洗得白白的，真是名符其實的小白，希望替她討點人緣。當然嘍，一開始我還是被念，但告訴大家一件事喔：現在最愛布蘭達的人竟是我父母。尤其媽說：「以前我對狗不了解，以為牠們會咬人，沒想到狗狗是這麼聰明可愛的動物！」

米克斯（mixed）布蘭達狗狗雖然不是出身什麼名貴犬種，但由於我們真心愛她，她一樣很愛我們，很忠心、很貼心。有時看我心情不好，還會跑來安慰我，用力舔去我所有的淚水，直到眼角和臉上全乾了為止。她帶給人們精神上的豐富和心靈上的治療，我只能說狗是人類最好的朋友，因為你愛牠一分，牠就回饋你十分。也是最好的狗醫生和陪伴動物，她醫治我的靈魂，要我快樂起來；她守侯在我身邊，永遠不離不棄。

要談起我們家笨笨（其實她不笨，只是暱稱慣了），那真是一天也說不完，她有太多爆笑的故事，也許就是她這麼地滑稽無哩頭，才漸漸擄獲了家人的疼愛：

15

事件一：狗狗成長的過程會經過一段磨牙的時期，小時侯的布蘭達就曾經整過我們。有一次我和媽媽去爬山，把她關在陽台裡，不過沒有上鎖；沒想到她竟然會開門，跑到客廳來大肆破壞，她特別喜歡咬紙類的東西，舉凡家裡的報紙、廁所裡的衛生紙……都被她一一咬出來，還咬得碎碎的，堆成一座小山在客廳正中央。我和媽媽回到家後真是看傻了眼！一、狗狗怎麼會開門？二、家裡變成一座尖尖高高的小垃圾山了！不過還好，她沒咬到我桌面上的重要文件，否則就會被我修理一頓。藉著此事我也好好教導了她，不可以再咬壞壞，還故意威脅她：「狗狗壞壞，就沒有人愛！」她聽得很認真，一副若有其事的樣子，真是一隻好教又聽話的乖狗，以後就沒有再犯。我還特地去找了些骨頭給她啃，才渡過了這段磨牙期。

事件二：說起來狗真是天生的認路奇才！這算是我的疏失啦，我這個做主人的應該好好檢討。有一次我帶她去復興北路附近的銀行辦事，平時她會跟在我身邊走，過馬路紅燈時我叫她停，她就乖乖停下來，所以我並不用狗鍊把她閂起來。但沒想到這次我進銀行裡，叫她在門口坐好等我，她竟跑掉了，可能是新環境她很好奇，又太久沒看到我，所以到處去逛逛了。出來之後沒看到她的我又慌又急，在周圍找了好幾圈，最後只好抱著失望而自責的傷心回家。爸爸為了她，還特地半夜爬起來到家裡附近的公園找，不過一天一夜過去了，仍然沒有Brenda的蹤影。終於第二天小小的她出現在我們家門口，家人無不驚喜！她是怎麼找到回家的路？又這中間多少的紅綠燈要經過，她如何過馬路的？這一切真是太神奇了！她從來沒有去過復興北路，竟然可以用一天24小時的時間，沒有吃東西、沒有喝水，也要努力不懈地找到位於八德路三段上的家，我們真是太感動了！她這麼地愛我們，我們全家當然愛她入骨。

事件三：不出門的狗。也許是上述事件，她變成一隻不愛出門的狗；再加上外面的車子很多，她很害怕，我想這也是原因之一。每次要帶她出去公園溜溜的時侯，她就會躲起來；一直等到我說：「好，那我們不出去玩了」，她才會從椅子底下鑽出來。然而真的帶她去公園的時候，她最喜歡聽到的一句話就是：「回家！」，她會立刻自動地往家裡的方

向跑去；否則平時要她跟我繞著公園慢跑根本不可能，她只站在原點一步也不動，真是一隻懶惰狗。

事件四：怕洗澡的狗。每次幫她洗澡，就是我和她人狗大戰的時刻；而且要戰好幾回合，才能夠把她洗好。媽媽問我：「妳是怎麼虐待她的呀？不然怎麼那麼怕洗澡？人家誰誰的狗狗都好愛洗澡耶！」我說：「媽，您有所不知，我們家Brenda不給我洗頭，全身都洗好了，只要水碰到她的頭，就開始亂動，不給我洗。」最後是怎麼解決、讓她乖乖就範的呢？還是那句老話：「家笨李某！那有洗澡不用洗頭的！難道妳要頭臭臭的嗎？妳不知道狗狗髒髒臭臭沒有人愛！」說也奇怪，她就是很怕沒有人愛，其實人又何嘗不是呢？

事件五：怕上醫院的狗。狗狗每年要打疫苗、剃毛、噴藥等例行工作，但是只要我帶她往醫院的方向，她就拒絕走路，所以之後都是請獸醫師騎著摩拖車到巷子口來載她，瞧我們家布蘭達多大牌啊！不過事出必有因，我想可能是之前幫她做結紮手術嚇到她了。雖然有麻醉，但當時開腸剖肚的現場畫面我有看到，想必醒時她的傷口還很痛吧。

Anyway，狗狗該做的動作我都做了，包括植晶片，因為養她就要愛她一輩子。

事件六：會顧家的狗。基本上Brenda是一隻膽小狗，譬如她聽見人的腳步聲時會汪汪大叫，但說也奇怪，真的叫她去看看誰來了，她卻邊叫邊往後退，模樣真爆笑。不過這樣也好，比較不會嚇到怕狗的客人。事實上她已經被我調教成一隻不會咬人、性情溫馴而聽話的乖狗；但是狗兒天生會看家的本領，還是讓我們覺得養她很有用，比如說：當她最後看到的是熟人，就停止吠叫，而且還向他搖尾巴，等於幫我們做了一次公關；當她看到的是陌生人會叫個不停，一定得等到我們下令：「好了，知道了」，她才肯放過這個人，你說狗狗是不是最好、最便宜的保全呢！

事件七：會握握手、聽英文和親你一下的狗。布蘭達狗狗除了和大部分的狗兒一樣會握握手、站好、坐下之外，比較特別的是她聽懂三種語言：因為爸媽和她講台語，我則跟她說國語和英語，所以只要我說：「Brenda, can you come here and give me a kiss？」她就會馬上起身，跑來親我一下。若我再說：「I want some more……」她就會親你親個不停，真是可愛。所以狗兒的智商是很高的，牠們不但會聽話，又很有人性，就因為如此，貓狗才被大多數人所喜愛，納入寵伴類，而絕不只是動物而已。

事件八：愛好舒服的狗。寒冷的冬天裡，媽媽會為Brenda準備一條被子，她好高興喔！整天窩在那條毛毯上，愛不釋手。所以除了人會享福，動物也不例外，只是她們不會講話，無法表達自己的感受而已。再更冷時，我還會拿一件我太小了的衣服給她穿，她可以穿一整天不脫下來；甚至你要把它脫下來洗時，她還會以為你要剝奪她的最愛，發出憤

會端坐在你前面，露出一份渴望的眼神，看了真是令人不捨，那有不分她一口的道理。但也許就是這樣被我寵壞了，所以當有人食和狗食的時候，她會不屑自己的食物，等著分你手上那一杯羹。再者她只愛媽媽煮的飯飯，若被她瞧見今晚這頓飯是我做的，她也不屑吃。難道我煮的有這麼難吃嗎？真是一隻賤狗！為了不讓她養成挑食和浪費食物的習慣，此時我會捉住機會教育：「妳知不知道外面有很多沒有家的狗狗沒有東西吃？妳不吃東

西難道也要出去外面嗎？」雖然我知道每次都來這招威脅恐嚇的方式的確不太好，但她似乎了解我的意思，知道我要她把飯吃完，也知道自己不要成為流浪狗，所以最後還是會把飯給清光光，想來也算是一隻善體人意的乖狗。

怒的聲音，一樣必須我跟牠說：「難道妳要穿髒髒臭臭的衣服？」她才會乖乖讓我脫下。她超會享福的事情還有：她是一隻愛曬太陽的狗，通常她會選擇有陽光照射的地方坐下或躺下來做日光浴，曬很久喔。我就學學她，還真的好舒服哩！她教導了我，原來眾生都喜歡光明面、愛和溫暖。

事件九：愛吃「好吃的」狗。其實不只人愛美食，動物也是如此。當她看見人們在吃東西時，就

事件十：愛跟屁蟲的狗。說來奇怪，不知為何，我走到那兒，她就跟到那兒，我想狗也愛人陪伴吧。我去客廳

看電視，她就自動移駕到客廳；我去房間打電腦，她就跟到椅子旁邊卡好位；我上床睡覺，她就躺在床下陪我一起睡……和我簡直寸步不離。有時候媽媽會故意說：「妳為什麼跟姊姊跟得這麼緊？姊姊是我的！」然後過來抱我一下。此時嫉妒心超強的Brenda會跑來向媽媽complain喔，一直擠向我們倆人中央，好像在說：「是我的，姊姊才是我的！」每次媽媽都被她突來的舉動嚇到，又好笑、又投降地說：「好！是你的，是你的。」她才肯罷休。媽說：「看來妳沒有白疼了！」真的，狗兒尚且知恩圖報，我們人和人之間難道不如一隻動物。看看現在世人的戰爭紛擾不斷，是否應該要相親相愛才對呢？

　　總之，她和我們家人相處了七年的光陰，可以寫的故事實在太多了，但受限於篇幅，我就先挑幾個重點和幾張照片，與讀者們分享我們養她的喜悅。以後若有機會我再陸續記錄這些年來她的諸多趣聞和糗事──我李「家有賤狗」，博君一笑。

我 的 小 天 使

作者：RuRu Kao
演出者：妞妞

2004年9月15日星期三（農曆8月2日）下午5點40分，我最愛的妞妞在古亭動物醫院走了，她這次真的離開我們了，就這樣無預警、突然的在我懷抱中休克走了，覺得這不是真的…她只是睡著了而已。

帶妳回家後，幫妳洗了個冷水澡，心真的痛，一邊幫妳洗澡一邊掉著淚跟妳說：「會很冷喔！對不起…」真的不想冷水沖洗著妳，妳是我最愛的寶貝。

隔天清晨6：00，我忽然驚醒，一心只想著睡在我身旁的妞妞，伸出手撫摸在我身邊冰冷、僵硬的身軀，真的好捨不得，我好想再像從前那樣的抱著妳，幫妳抓抓頭，聞聞妳的毛毛手，摸摸妳的耳朵、肚子，親親妳QQ的鼻子；有時妳會出期不意的反過來，伸出妳的舌頭來舔我，我總是笑著對妳說：「好臭！」但心中卻是無比的幸福與快樂。

沒帶上眼鏡的我，迷迷糊糊的看著陽台外的天空，有一朵長得像是妞妞的雲，被太陽照著發光，對…那是妳沒錯，因為妳愛太曬太陽，我瞇著眼睛，想把妳看得更清楚，妳卻愈飛愈遠，妳要去哪裡呢？

我心想加上翅膀的妳一定會很合適（因為妳會喘氣，而且走路慢，但又愛吹風），希望妳帶著翅膀，往更高更遠的地方飛去，不用管我們，也不用擔心我們，妳要乖乖的，放心去吧！我會永遠的記得妳這個最好的朋友，最親的姊妹，妳永永遠遠都是我們的家人，有緣分的話，我們一定會再見面的，或許下次相遇，會是在天堂。

9月22日星期三，農曆8月9日是妞妞的頭七，人家說：頭七這天死去的人會回來。我真的很期待妞妞會回來看看我們，並重回我為她準備溫暖、舒適的小窩（完好如初，我們都沒去動它），妞妞生前習慣睡著的地方，布也都一直鋪在那，希望她回來了，可以很舒服的躺在那睡覺。媽媽說：「可以放些粉鋪在地上，要是她回來過，就會留下腳印。」我就照做了，但是……妞妞並沒有回來！我也一直期待能在夢裡與她相見，但是……到目前也都還沒夢見她，我的床上放了許多她的照片，還有一條她睡過的被子，一星期了，我每天睡覺前都要看著妞妞的照片，和她說說話，並抱著她的被子入睡。

謝謝妳！妞妞！陪了我們這麼長的一段時間，我最愛妳了～（kiss）。

你們曾經想過我們那麼愛「汪汪」和「喵喵」的原因嗎？因為牠們能帶給人們「最單純的快樂」，就是因為我們從牠們身上得到了最單純、難得的快樂，而豐富了我們原本無趣、一成不變的生活，所以我們對自己寵物的付出是出自於最內心、最真實的「愛」。

妞妞和我一起生活了5、6年後，我才感受到什麼是真正的「愛」。因為愛，我無願無悔的替她擦拭

隨地的大小便；因為愛，我喜歡讓她舔我的臉，儘管她有很嚴重的口臭；因為愛，就算她身體再髒，散發著濃濃的「狗狗味」，我還是喜歡聞，喜歡跟她蓋同一條被子，喜歡和她一起睡在沙發上。我想這些事，對她沒有愛的人，一定會覺得好噁心，可是，我卻怡然自得，反而愈來愈喜歡她。也才發現，原來愛是可以那麼的那麼的源源不絕……

我很幸運的擁有過妞妞，我們一起渡過的時光都是美好、快樂的，妞妞會一直在我心中，雖然常常想起她會覺得心痛痛的、心情變得低落…但我真的要放下心中所有的疑問與不捨，讓自己重新尋找個依賴的事

23

物，所有的難過都是因為「習慣」，我慢慢的也開始習慣了沒有妞妞的日子。我已經沒辦法像從前一樣遇到高興的事，心裡和臉上都散發快樂，現在，就算我臉上帶著笑容，心中也是會有些許淡淡的憂傷，我最「單純的快樂」已經消失了。

很感謝好朋友們對我的關心，我都收到了。你們問我，是否會想再養一隻狗？並且說，如果我再養一隻狗狗的話，我就不會那麼難過了。我不知道，我也有想過這個問題，但是我想到妞妞可能會生氣，而且要是再擁有一隻狗，又有同樣的遭遇怎麼辦！養狗狗是要靠緣分的，我不會花錢去買一隻小狗的，因為買了狗，就等於認同了那些專門在繁殖動物賺錢的商人，他們完全不在乎狗狗健康，不斷折磨、耗盡狗狗的身體，等到狗狗沒有利用價值，就棄之不顧，我絕對不贊同這樣的作法！生命是不能拿來買賣的，我能不能再幸運的擁有一隻小狗，一切就交給「緣分」來決定吧！

完美狗狗

作者：李先碧
演出者：丹丹

「是醫生建議你養狗的嗎？」乍聽朋友問這個問題時，會有朋友把我當成憂鬱症或是焦慮症患者之類的，所以才需要狗的陪伴轉移重心的疑惑。其實我會養狗的原因很簡單，並不是因為我跟獸醫的私交不錯，只是因為我剛好搬家一個人住，弟弟剛好又有一隻狗可以送我，就這樣我從優雅的大小姐變成勞碌的狗媽。

對狗最早的記憶是小時候玩的絨毛玩具，在我眼中狗和熊的絨毛玩具都是珍品，那時候只是覺得狗狗的玩偶抱起來最舒服，有一種溫暖的感覺。而且嚴格說起來，我雖然喜歡狗，但有狗狗圖案的小東西卻比不上貓咪的優雅，狗狗只能呈現可愛逗趣的模樣，我喜歡狗的溫暖，也喜歡貓咪圖案給人的慵懶，那時候對於真實的動物體驗是乏善可陳的。

一直到工作之後，弟弟在學校撿到一隻流浪幼犬CoCo，在家中掀起軒然大波。首先我們家是不養動物的，也無法想像家中多了一個不知道要如何溝通的成員，會有怎樣的混亂場面。弟弟很聰明，他把狗狗先養在外宿的地方，等到狗狗不會亂大小便之後，再趁那種三大節日必須回家時，把狗狗完美的呈現在我們眼前。

後來，我們終於見到CoCo了，除了弟弟之外，其他人都不知道要怎樣跟狗狗相處，頂多就是拍一下頭，說一句：「乖，好，去玩。」，然後也不知要做啥說啥了，接著就是盡快逃離現場。

幸好CoCo很爭氣，她是我見過最乖巧、完全不需要擔心的狗狗，到我們家之後她從來沒有做過讓我們傷腦筋的事，也因此我們能常常忙著自己的生活，但也因此而忽略了她。

直到一場車禍讓CoCo的腳受傷，並且確定往後的生活只能用三隻腳走路之後，我在為她心疼之餘，這才發現原來在不知不覺之中，我們早就把CoCo當作一家人，她得到所有人的喜愛，就算帶她出去散步，我也不會在意他人的眼光，她雖然跛了一隻腳，卻是最棒的狗狗。就好像是愛情，真的喜歡了，不會在乎年紀、學歷、經濟、外表，CoCo就是這樣特別的狗。

CoCo讓我開始愛上狗，也因為CoCo害我誤以為所有狗狗都是一樣好養好教的，結果完全不是這回事，起碼弟弟給我的丹丹基本上就是有著狼外表的鬼靈精。

丹丹雖然是弟弟一時衝動之下買的，完全不符合我的養狗理念，我不在意狗的血統，只是想幫狗狗。可是一旦答應養了他就是一家人。現在CoCo在士林，丹在淡水，無論我到哪裡，都有喜愛的狗狗陪伴。在士林，我一坐下來，CoCo就會靜靜坐在我身邊，她的腳不方便，窩在身邊只是想跟人撒嬌，想想她撒嬌的對象好像就只有我，我的家人都不會把感情表達出來的。我可不同，一見到CoCo就一直不停跟她說話，冰箱還有我買給CoCo吃的點心，她完全知道如何看人的臉色（這點狗就比人厲害多了，有的人就是很白目）。

丹就不會這樣了，丹撒嬌的方式跟CoCo不一樣，他會故意站歪歪的靠著我，像貓一樣要摸頭，再不然就是玩激烈的你丟我撿遊戲，公狗跟母狗還真的就是不一樣。就像男人和女人表達情緒的方式一樣，女人常常生悶氣，男人則常常搞不懂女人幹嘛一直在生氣似的，丹和Coco就是這樣真實的反映性別差異。

話說回來，朋友怎麼會問我這樣的問題呢？這得要好好想想。

養狗純粹是湊巧，當初半強迫式被弟弟要求養丹，總覺得狗狗養了就是家人，家人是一輩子的事，不可能丟棄、換主人的，我的想法比較單純，就是不做傷害狗狗的事，他就是家人，跟醫生的關係好像也不大。

常聽別人說狗狗造成的困擾，其實只要了解狗，每隻狗狗都可以很貼心的，每一隻狗狗都是完美狗狗，就像內衣廣告中的廣告詞「完美女人」，狗狗就是這樣完美。寫到這裡，我必須要說，CoCo真的是完美到不行的狗狗，跟血統、長相、個性都無關，她把我們都當作家人這點最讓我感動。

後來，擔心丹在白天一人在家無聊，便到流浪動物之家認養了可愛的美美，美美也有著CoCo完美狗狗的性格。剛開始為了美美不會在陽台大小便的問題煩惱，她之前可能有不好的記憶，不喜歡在陽台大小便。這點比較麻煩，之前她在家趴趴走，直到忍不住才會尿，如果我一天可以帶出去三次就沒問題，問題是上班時間的確太久，加上丹也會跟

著尿，這點就麻煩了。

　　最後還是用老方法，我上班時讓美美在陽台，真的忍不住她就會尿了，美美讓我心疼的是，當我要出門時美美會自己走到陽台等我鋪塑膠地墊，再跟我撒撒嬌，丹這時候會在客廳等我出門，兩隻狗狗都很貼心，對不？我希望美美趕快學會，這樣白天我不在家的時候，她也可以像丹一樣四處閒晃，兩隻狗狗還可以玩在一塊不會無聊。

　　只是很可惜的是，過了一年美美都沒有學會在陽台尿尿，我開始懷疑是不是因為丹也在陽台大小便，美美便不敢的緣故。不過，那都不重要了，在養美美一年多之後，美美在過年期間過世了。連找獸醫的機會都沒有，就靜靜的走了，很神奇的是，最後那幾天她竟然跑到陽台尿尿了，我大大的稱讚她、擁抱她。那時候我不知道美美病得很重了，只會擔心她不進食，美美真是乖巧，用這樣安靜可人的方式跟我溝通，儘管寫到這裡我又想哭了，但是我真的相信美美這麼乖，一定會在天上當小天使的。

　　狗狗並沒有讓我失望，或者我應該說即使最調皮的丹也沒有讓我失望，他也是很努力的配合我的作息。失意難過時有他陪著一塊傷心，快樂興奮時他也跟著一起大叫，他很自然的就是我的生活重心，畢竟他的一輩子幸福與否完全靠人的用心，不是嗎？雖然有時候覺得自己像佣人……

　　一個問題所延伸的想法或許有點雜亂無章，無妨，就當是做狗媽媽的碎碎念好了。

最後一程

作者：書瑜
演出者：黑仔

一場突如其來的病，讓我們家年紀最小的狗兒——黑仔——在前年七月往生了。從來不曾想過92年7月24日那天，會是我這輩子最後一次看見他。

還記得，去年SARS疫情緩解，黑仔正準備披上狗醫師袍繼續服務人群時，他的後肢忽然出現間歇性的癱瘓，致使在行走中會倏地軟腳；沒隔幾天，又不明原因地出現連續性的嘔吐，就這樣莫名其妙地發病。

起初，從腸胃系統的問題開始，接連二、三天，黑仔在吃完飯後沒多久，便會將剛吃下但還未消化的食物通通吐出來，即使日後服了藥，這狀況依然沒有改善。於是在92年7月10日，媽媽按家庭獸醫師的指示，帶黑仔去檢驗所抽血、照片子，然而，在當日不同時段裡照了幾次，黑仔先前所服用的顯影劑，透過X光片仍舊清晰可見地停留在胃裡，絲毫沒有流入腸道。由於這不是好現象，獸醫師建議我們宜盡早帶黑仔去動物醫院做更精密的檢查。聽聞這樣的消息，我自然心裡有數，知道接下來黑仔必須和時間競賽，所以，不管當天外頭的雨有多大，也不管能否趕上當日看診的時間，我依舊攬了輛計程車，帶著黑仔直奔台大動物醫院。

31

讓另一隻空出的溼黏的手暫時在褲子上擦拭,然後設法抽出自己腰包裡的面紙與溼紙巾來清潔,就這樣費了好一番功夫,才將這尷尬的處境化解。

將實情稟明司機以後,好心的司機先生知道是因為黑仔身體不舒服,所以非但沒有嫌惡我們,還為了不讓我們淋到雨而將車子盡可能地駛近醫院大門。一下車,我隨即背著黑仔望醫院裡衝,真是幸運,我們趕上了最後的掛號時間。

掛完號,我抱著黑仔到指定的樓層與科室候診,由於是最後就診的病患,以致偌大的醫院走道上只剩下我和小黑仔。在診療室前,我望了窗外一眼,雖說那時正值炎炎夏季,但天空厚重的雲層及飄降的雨絲,反讓人有種說不出的孤寂與冷清,我獨自緊抱著黑仔,好希望能有誰給我力量,讓我可以和小黑仔一起抵擋病魔的入侵。

依循醫師的指示,我帶著黑仔從診療室問診到檢驗室照X光片,自內科到外科地在醫院裡上上下下了好幾趟,最後,外科醫師告訴我:黑仔可能誤食線狀物,以致堵塞在胃腸附近,需要動手術取出,而手術時間最快可以安排在下個禮拜。知道可能的致病原因後,我稍稍鬆了口氣,但同時腦海卻浮現另

一路上,小黑仔很勇敢,沒有因為身體的不適而不安分,反倒是一直睜著他那雙人眼,靜靜地望著我。或許是車程顛簸,以致黑仔不自覺地將胃裡的顯影劑嘔了出來,為不弄髒車子,我直覺地在他嘔吐的瞬間伸出雙手盛住,黑仔對於嘔吐的感覺似乎有些害怕,但見我以手盛住他的嘔吐物時,卻又顯得有點難為情。然話說回來,儘管嘔吐物已讓我順利盛住,但我卻沒有第三隻手可以處理,且更糟的是,車上也沒有任何衛生紙能夠取用,那一時之間還真教我不知道該如何是好!……嗯,看來沒有其他法子了,只有盡量以一手捧住黏呼呼的嘔吐物,

一層隱憂——接受手術治療是非常耗損體力的，況且黑仔的體型小，又已多天未能好好進食，我擔心他的體力恐怕撐不到下個星期。果不其然，醫師也表示若能愈早動手術，對黑仔會比較好，既然如此，我只好央請醫師將檢查評估的結果簡單紀錄下來，隨即帶著黑仔轉往回家庭獸醫診所，請家庭獸醫師為他進行手術。回程的路上，黑仔又是張著雙眼望向我，彷彿在擔憂些什麼，此時在我心中油然而生一股信念，教我以無比堅定的眼神告訴他：黑黑不要怕，姊姊絕不會讓任何病魔帶走你的，相信我……！

隨著手術的得以進行，我對黑仔愈來愈有信心。手術中，醫生十分仔細地檢查了黑仔的腹腔，雖未看見有任何異物，但卻意外發現他的胃腸結構異於平常；原來，在他胃部連接腸道的地方多了條小肌肉的不當牽引，以致腸壁日漸增厚而堵塞，讓食物無法順利通過。所幸，經過醫師精湛的醫術治療，結果令人喜出望外。

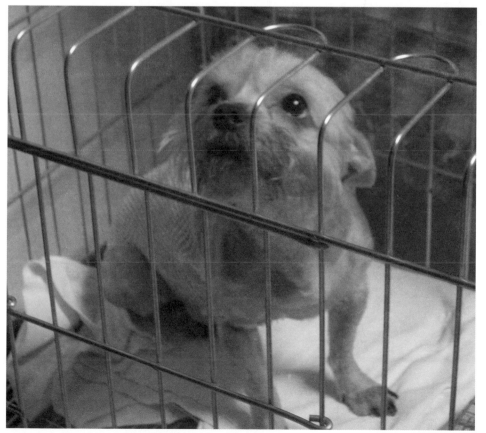

約莫經過一個多星期，就在黑仔胃腸系統逐漸復原的同時，又出現了黃膽病症，整隻狗兒的皮膚因此變得黃黃的，就連眼白也一樣泛黃。由於黑仔之前驗血結果即顯示其肝指數較正常值稍高，故醫生唯恐他併發肝病變，繼續設法為他治療。隔日，我偕妹妹

再去探望黑仔，覺得他的精神好多了，不但可以下地面走動，還會開始在我們腳邊摩蹭，原以為是他的病情已有起色，孰料，當我們正欣悅之際，他的身體忽然抽搐了幾下，我感覺不對勁，趕緊將他抱回籠子裡休息，沒多久，他就大發作似的全身抽動了起來。從來不曾有過這樣劇烈痙攣的小黑仔，露出驚恐的眼神，教人看了心好痛，多麼希望自己能代他受這一切的苦，然天不從人願，身為萬物之靈的我，始終只能眼睜睜地看著他瘦小的身軀，承受無情病魔的折磨，卻一點辦法也沒有。夜晚，黑仔又再一次大發作，儘管當時在醫師盡力搶救下稍趨平穩，但次日清晨，他終因毒素侵襲腦部、肝衰竭而回天乏術。

和家人趕往獸醫診所，見著黑仔一動也不動地躺在紙箱裡，我怎麼也無法相信會是如此的結局，這一切的一切，就像一場接著一場的惡夢，教人找不著夢的出口。媽媽強忍住心中的慟，幫小黑仔穿上他生平最驕傲的狗醫師服，我們則將臨時準備的往生錢平鋪在他四周，然後驅車前往寵物安樂園。

抵達安樂園後，我們小心翼翼捧著小黑仔下車，嘴裡不時喚著他的名，要他跟緊我們的腳步，

別貪玩。走入焚化場裡，四周瀰漫著一片濃濃的哀淒，身旁盡是悲傷欲絕的往者家屬，大家正依序等著送自己最最心愛的寵物走那最後一程。該是小黑仔上路的時候了，工作人員將他從紙箱中抱起，置入焚化爐中，準備啟動爐火的開關，就在爐門闔上的片刻，那最末一眼，教我整顆心揪在一起，泣不成聲，不明白為什麼平躺在爐裡的他，睡得好熟、好安詳，彷彿沒有半點兒病痛折磨似的，可我就是不能為他感到高興呢？在這節骨眼，我好氣自己是那麼樣的無用，怎還是只能睜睜地佇立在旁、束手無策；也好怨自己是那麼樣的殘忍，竟捨得讓瘦小的他暫時獨自睡於焚化爐內，讓怕熱的他忍受極高溫的火焰來走完最終的旅程。

歷經二個多星期的天人交戰，我終究只能任由這個小生命遭受病魔肆無忌憚的凌虐，仍舊無力保住三歲五個月大的他。黑黑，對不起，姊姊食言了，真的對不起……。

事隔近兩年，縱使現在的心情已平復許多，但偶爾還是會覺得老天爺對我們開了一個玩笑，一個讓人心好痛、好痛的玩笑……。

於今，每當我思念親愛的小黑仔時，就會拿起他

的相片，想像自己將他輕輕地抱起，想像還有心跳的他正伏臥在我懷裡，我們一起呼吸，一起感受生命中最平靜的幸福：黑黑，你看，外面的世界多麼寬廣遼闊啊！天好藍、好大……，是不？

我家的金巴達

作者：彭奕璇
演出者：金巴達

2002年的某一天，我正悠閒的在家看著電視。哥哥開車從外面回來，突然碰一聲，哇！好大的一隻狗衝進家裡，嚇死我了！不過牠還滿可愛的，一直搖尾巴，接著哥哥就說：「我們來養這隻狗好不好？」我馬上歡呼叫好，因為我一直很想養大型犬。緊接著媽媽就從樓上下來，看到這隻大黃狗，嚇得一直喊：「阿彌陀佛……」直說：「去哪抓來的老狗啊？」哥哥趕緊回答：「這是表弟送的拉布拉多，才7個月大。」我和媽媽嚇著說：「哇！這麼大隻才7個月喔，那長大還得了啊！」哥哥懶得理我們，就先餵這隻大黃狗吃飯喝水。後來爸爸回來要接我們全家去拜拜，於是先把這隻大黃狗關在家裡後院。一路上，我和哥哥拼命請求爸媽讓我們養這隻大黃狗，不過爸媽死也不肯，因為家中從小就是不准養狗的家庭。後來終於到了審判的時候，我們回到了家，這隻大黃狗乖得惹人疼，一滴尿也沒尿，而且我們出門的時間有5、6個小時，爸爸趕緊帶這隻大黃狗去外面尿尿，結果這隻大黃狗尿了一整條路，可見牠憋很久了，爸爸見牠這麼乖，就答應讓牠留下來，我聽了好開心，心裡好感動喔！因為這是我從小到大，家裡第一次可以養狗。

再來，就是替這隻大黃狗取名字囉。因為牠的血統證明書上的名字是「帕死達」（英文的），所以爸爸就說那取名同音的「金八達」囉！因為金巴達的到來，金子就會從四面八方到達家裡，大家聽了好開心。從此，家裡就多了一個開心果「金巴達」。

由於沒有任何養狗經驗的我，開始上網吸取養狗資訊，才知道金巴達原來是隻名種狗，而且個性溫和，我和哥哥也拼命買最好的狗狗用品、玩具，來討好金巴達。而家中最愛狗的就是我，那時每天上班都在掛念金巴達，真想24小時都和牠在一起。而金巴達也很爭氣又很乖，從原本只能待在後院，不到一星期就能進來家中住，並且來去自如。相處的日子久了，牠已經成為家中重要的一個成員，而我們全家也組成了一組溜狗大隊，是要輪班的喔！早上5、6點由爸爸帶金巴達去田裡種田，8、9點金巴達要陪媽媽去做香功，接著我10點上班前，再放牠去和鄰居的小黃玩一下；中午爸爸回家休息，會再放牠出去尿尿一下；到了傍晚，我會帶牠去小公園溜滑梯，順便交交狗朋友；到了晚上，全家吃飽飯後，會一起出去散步；到了

睡前，我會再帶牠去參加我們家這邊附近每天晚上的狗聚。不過牠真的很有個性，都不和狗玩，只喜歡到處抓野貓和亂跑，不過一叫就回來，真的很貼心。

每當有休假，我們一定會帶金巴達一起遊山玩水，也因為有牠的加入，讓我們的旅遊增添許多笑果。有了金巴達，讓我的生活變得多采多姿；也因為金巴達，讓我結交到許多真心愛狗的好朋友，增加我的生活領域。現在我唯一的夢想就是：努力賺錢，自己蓋一棟大別墅，等金巴達要去當天使的時候，我要將牠葬在自家的花園裡，因為我們是一家人啊！

吾 愛 天 兵

作者：絜米
演出者：大慈

前年秋天，媽媽家來了一隻小狗，像娃兒般全身軟綿綿的，而且還是個需要我們拿奶瓶餵食的奶娃。不知道為什麼，他的右耳朵缺了一角，一雙後肢也各多了一隻腳趾頭。

光陰似箭，轉眼這小狗子來我們家一年多了，當年一身黑壓壓的茸毛，如今早已搖身變成銀白色的細毛，現在的他，是個高個兒，頭頂蓄著捲捲的毛髮，走起路來，屁股翹得高高的，前肢有點外八，一副吊兒郎當的模樣，十足像個小痞子。然而，這小狗子卻有一個特別的名字，說實在的，這名字和他還真不搭嘎呢！就是——大慈。

大慈的天性像個頑童似的，總是天真爛漫，總是愛闖禍。在媽媽家住了一年多，他除了偶爾會隨著垃圾車的音樂哼段小曲，很多時候他會忽然發瘋似的在屋裡橫衝直撞，甚至也曾一時興起，從客廳一隅助跑，奮力往廁所衝去，將扣上的廁所門把撞壞，然後獨自闖進廁所，開心地咬著他的戰利品——垃圾桶裡的衛生紙，唉！到底該說他是聰明，還是白目呢？

大慈的注意力也老是無法集中，叫他坐，他的屁股就會像有針刺似的坐不住；叫他站在原地等，他又會不經意地多走幾步；叫他不可以進廚房時，他不是很自然地閒晃進去，就是一副關切的模樣湊近廚房裡的人，壓根兒不把我們的話當話，更遑論有什麼禁區的存在。大慈不專心的程度還不止於此，有時候連幫他自己抓癢，也是邊走邊抓，馬馬虎虎抓個二、三下，一副站不穩、要跌倒的模樣。

此外，大慈不太會汪汪叫，只會發出尖銳的叫聲，像剛在學狗吠的小狗般，直嗚個不停。看著大慈的總總行徑，讓我們不得不懷疑他是個發展遲緩的過動兒。

　　為了改善大慈的狀況，於是我們決定將他從媽媽家接來我們家，希望能重新教他基本的生活規矩。在我們家中，尚有其他狗兒與貓兒，原以為大慈在群體中生活，可以藉由和其他貓狗的互動而學習更多，讓他懂得將罩子放亮一點。豈料，他每日每夜在一旁觀摩的結果，卻是好的不學，反而盡挑一些壞習慣來學。他不但學會湊熱鬧跑第一，還學狗哥哥們偷啣貓大便，且更扯的是，當他的玩具被狗哥哥、狗姊姊搶走之後，他的第一個反應竟是張著一雙無辜的大眼看著我，彷彿在跟我說：「姊姊，幫我拿回來好嗎？」天啊！真是孺子不可教也！

值得一提的是，大慈還有一項特殊的癖好。雖說大慈是一隻會抬腳尿尿的小狗，但當他在屋裡不被允許這麼做時，他便採用另一種方式小解，也就是將後肢微蹲，使後半身稍稍壓低，然後開始撒尿，只是在撒尿的同時，他也會盡可能地把頭朝下且往內彎，好取得一個完美的角度，讓自己張嘴即可啜飲到那泡尿，甚至可做到滴水不漏喔！真是環保呀！

再者，他不但自製，還開發新口味呢！就像家中的狗大哥微抬起腳來尿尿時，他也會一個箭步靠過去，然後低著頭舔，天啊！大慈！你以為那是飲水機嗎？你以為那種有弧度且帶點溫度的尿水是飲水機的水嗎？真不知這小狗的腦袋是怎麼了，竟做出如此離譜的事。不過我想，若要頒發年度最佳珍惜水資源獎，肯定非你莫屬了。

雖然大慈的表現總教人傷透腦筋，但偶爾小傢伙也會出現可人的一面。不知道是不是我們棄而不捨的教導感化了這小狗子，竟讓粗線條的他開始向人撒嬌！每當我坐在茶几前的小板凳上打電腦時，他總會悄悄地靠過來，用他黑黑的大鼻子湊著我東嗅嗅、西聞聞一番，我不

明就裡打量著他究竟要做什麼，沒想到他隨即以一雙前肢輕扒我的大腿，接著鑽爬到我腿上，然後就這麼順勢趴在我腿上，沒隔多久便呼嚕嚕地打盹了起來，那閉眼沈睡的神情真是可愛，不過令我納悶的是，他的二隻後腿還半蹲半站在地上耶？！奇怪的睡姿。

經過連日來與大慈的密切互動，讓我漸漸認識、了解和接納這小狗子與眾不同的地方，同時也慢慢找到一些與他的相處之道，就這樣不知不覺的，我們之間存在了一份默契與信任。是大慈的特別，讓我真正開始懂得尊重與欣賞每個生命的獨到之處，讓我願意用一輩子來珍惜世間奇妙的情緣。

愛 的 化 身
大笨呆「有氣質」

作者：小可
演出者：YUKIGI

2003春—邂逅

　　一個風和日麗的午後，在河濱公園遇見了「丫頭」，一隻乖巧又可愛到不行的黃金獵犬，得到「丫頭」主人的恩准，開心的與丫頭嬉戲了一下午，告訴自己將來一定要養隻黃金獵犬，但台北的生活空間狹小，養一隻大狗的願望可能遙遙無期了……

2003夏—迎接小生命

　　考上台北的大學後，便一個人隻身到花花世界台北打拼，一晃眼10年的光景，朋友、生活圈都跟著轉移到台北。因家中父親身體不適，身為長女的我，便擔起回家鄉照顧家人的責任，告別這已熟識的台北。

　　小弟在高雄唸書，因地緣的關係，得知美濃鎮長家中有喜，生了一窩可愛的小黃金獵犬，小弟便在一窩中挑選了一隻頭好壯壯的狗老大，在他頭上噴上了可愛粉紅色的記號。全家選了個良辰吉日，一起出發南下高雄，將這三個月大的小生命接回家中，生平第一隻屬於自己的狗，從見他的第一眼便愛上了他可愛憨厚的模樣，一路上他就這樣安詳的睡在我懷裡。

　　常聽人家說，第一胎照「書」養，一點都沒錯。一口氣衝到書店，搬了一堆狗經祕笈回家，認真的閱讀，該如何照顧他，如何教導他生活禮節，戰戰兢兢的一刻也不敢懈怠。

　　回家後，全家開心的給這小生命新名字，但為了這新名字讓全家苦惱了快一星期，最後由唸日文系的大弟，給了他日文的名字「YUKIGI」，日文意義為「御騏驎」，好威風的名字，全家一致通過，但苦惱的時刻到了，對爸媽而言，日文發音有點為難了他們，老是很努力叫著YUKIGI，老是發不出正確的音，後來犬才老媽脫口而出「有氣質」，全家哄堂大笑，就這樣我們家有一隻「有氣質」的黃金獵犬囉。

　　雖然長大後，並不如大家對他的期望那般「有氣質」，老是會做出一些令人錯愕「沒氣質」的舉動，但他始終是家中最可愛的活寶貝。

2003秋—令人感傷的季節

　　10月15日，才四個月大的小笨呆寶貝，前前後後跟著父親進出，父親出門他

45

便乖乖的在門口守候著，一向較嚴肅不善表達感情的父親，摸摸YUKIGI笑笑著說：「你想要什麼啊？」（註：對父親而言真的是很難得的表現。）當天晚上，大家在樓上的房間看電視，聽見YUKIGI用盡力氣，發出異常的狂叫聲狂吠著，驚嚇了家人，發生了啥事？YUKIGI從來不曾發出這般的叫聲，極大極淒厲，大家狂奔下樓，都傻了慌了急了，父親倒在一樓的廁所中，大量出血，肝硬化最怕遇到的狀況──食道靜脈破裂，救護車將父親送到急診室，全家一整夜守候著、祈禱著，隔天下午父親就這樣離開了我們……對媽媽對我對弟弟們，是一個十分讓人難以接受的事實。

一向活潑好動如過動兒般的「有氣質」，剎時間似乎感到家人的悲慟，不吵不鬧乖乖的陪著家人守靈，抱著YUKIGI，想起前不久才和父親一起接他回家，前不久才和父親一起帶他去狗餐廳，眼前的一幕幕，就彷彿前不久的事，忍不住落下淚，才四個月大的YUKIGI便舔著我的淚水，好似想給我安慰般，我好愛我的父親。

一個生命的來到，一個生命的離去，讓我對人生有了多一層的體認，從此「有氣質」成了我和媽媽的另一種精神寄託。YUKIGI大笨呆，現在已經一歲半了，變成一個雄赳赳的大帥哥。每天回家一定抱他親親他，他陪著我看電視，我陪他玩飛盤，生活又開始忙碌了，雖然偶爾會想起疼愛我的父親，但見到那無辜無邪的眼神──我的「有氣質」寶貝，讓我一整天都會有愉悅的心情。

給最愛的大笨呆─有氣質

生命有你的陪伴，我知道我不寂寞

永遠愛你的小主人

黑拉拉 — 摳妹高雄台南美食之旅

作者：林惠鈺
演出者：摳妹

這次的旅遊故事要從飼養一隻黑拉拉（摳妹）且愛吃愛玩的主人（摳妹拔和摳妹麻）和飼養兩隻小瑪（雪莉和KINDA）也一樣愛吃愛玩的主人（KINDA拔和KINDA麻）說起。愛吃的四個人計畫著要吃遍台灣的美味，所以打著帶狗狗出去玩的名號到處去吃吃喝喝。這次是四位愛吃鬼第一次出征到外地去。

10月8日是狗狗美食團第一次出征的日子，在月黑風高的夜晚，四個大人加上三隻小狗，開車南下。隔天一大早，睡眼惺忪的四個人加精神飽滿的

三隻狗，就開始展開他們此次南下的重要目的——吃美食。

第一天要出征的地方是高雄，還有可愛的導遊小姐「咪豆哩」（摳妹麻的表妹）和美麗的地陪小姐「心怡」（咪豆哩小姐的同學）作伴。

第一站「龍袍湯包」。 這裡位於漢神百貨附近，本來還擔心狗狗沒辦法進去，沒想到店主人也蠻喜歡狗的，所以第一站順利闖關成功！龍袍湯包的湯包都是點了之後才蒸的，所以出爐的時候都是熱騰騰的，害我們差點燙到嘴巴。摳妹、KINDA和雪莉也品嚐了這兒的美味，看他們口水直流的模樣，看來他們也吃得粉滿足吧！

第二站「圓仔湯店」。 我們來到位於掘江商場的圓仔湯店，湯圓是阿伯手工製作的，很Q，熱的圓仔比冰的好吃。當我們吃到剩下一點點冰糖水和一些料，就分給摳妹吃，摳妹差點連碗都把它吞下去；KINDA也吃了超Q的湯圓，看他吃得搖頭晃腦地模樣就知道湯圓有多Q了。

第三站「蓮池潭風景區」。 吃飽喝足了當然得動一動囉！為了消耗一下中午的熱量，導遊小姐帶我們

來這兒走走。蓮池潭的占地很廣,走路可能得花上一整天的時間才可以逛完。懶惰的我們只有去那邊買魚飼料餵魚;在涼亭裡面有不少小朋友玩的玩具車(丟10元就會動的),壞心的主人摳妹麻,居然把剛要滿4個月大的摳小妹放上玩具車,後來看摳小妹站得很穩,壞心的導遊阿姨就從口袋掏出了一枚10元硬幣投進,玩具車就伴隨著音樂搖動了起來。摳小妹露出驚嚇的表情,為了不讓自己跌倒,只好死命地抓著玩具車的方向盤,這時四周的大人居然沒有人伸出援手,全都在一旁捧著肚子大笑,可憐的摳小妹……此時路人也來湊熱鬧,一位可愛的小妹妹被媽媽叫來跟摳小妹一起坐搖搖車合照,呵呵～。後來連已經11歲的雪莉也被抓去坐搖搖車,真是可憐,心臟不好還被大家這樣玩弄。

之後,大人們自己也玩了起來,在蓮池潭的一角有一個小型電動車賽車場,一群平均28歲的「大」朋友們童心未泯,一人一台小電動車在那邊狂飆起來。摳妹、KINDA和雪莉也被抱著一起當飆車狗,剛開始有點不知所措的摳妹,慢慢地也開始享受著風的快感,呵呵～。

第四站「新堀江」。來到高雄的西門町新堀江,好久沒逛街的KINDA麻和摳妹麻顯得特別興奮,司

機先生──KINDA拔因為過度勞累,所以在車上休息兼顧狗。到新堀江除了逛街,當然也是不可以忘記要尋找美食囉!在「A+1」附近有一家攤販賣印度拉茶,普通的飲料都是用塑膠「杯」裝,這家店的飲料全部都用塑膠「袋」裝,口渴的四個女生當然馬上就點了飲料來喝,它還有賣絲襪奶茶,很特別的名子,俗俗的摳妹麻跟店員小姐問名子有什麼典故,原來印度的茶葉都是用絲襪過濾的,所以才取名叫作絲襪奶茶,這和印度拉茶的不同點是奶量比較多。

49

第五站「七美望安」。逛完街，到了晚餐的時間，便到七美望安吃海鮮料理。這裡的海產都是當天由澎湖送來的，所以非常的新鮮。很多海產是台北看不到的。因為晚餐都是海產的關係，狗狗們這一餐就只可以乾瞪眼。今天的晚餐感謝咪豆哩的拔拔點了一些我們外行人都不知道的美味料理，也謝謝咪豆哩的麻麻破費請我們吃大餐。

第六站「花園夜市」。會來這邊是為了找網路上流傳的「拔絲地瓜」，貼心的摳妹拔還特地打電話去問老闆他今天在哪裡擺攤，一問知道是在花園夜市，所以我們就來到這邊。拔絲地瓜鬆中帶脆，風味獨特，冰冰的吃特別好吃。摳妹超愛吃蕃薯的，不過吃完美味蕃薯的後果就是……屁聲不斷！

第七站「武聖夜市」。因為摳妹麻很愛路口的10元豆花，所以特地去。台南的豆花都很便宜又美味，十分划算。後來由於玩了一整天大家都累翻了，就在夜市裡買了小吃，帶回投宿的汽車旅館，替第一天的行程畫上句點。

第八站「摳妹拔的三舅家的魚塭釣魚」。禮拜天早上，三舅幫我們準備好釣石斑魚的海釣竿及魚餌（活的小魚），摳妹拔和KINDA拔就開始各就各位～釣魚。KINDA麻因為要照顧KINDA和雪莉，所以負責當攝影師，摳妹麻則是在一旁當潑婦，因為好動的摳小妹居然穿著KINDA麻送的衣服跑去魚塭裡玩，摳妹麻當場臉綠掉，在一旁鬼吼鬼叫：「摳小妹～摳小妹～給我上來……」可憐的摳妹麻，因為摳小妹完全不理她，還在水邊跳來跳去，衣服馬上沾滿了泥巴。摳小妹越玩越高興，不停地在魚塭水邊衝來衝去，摳妹麻完全失去控制地當場潑婦罵街起來。後來摳妹麻好不容易抓到摳小妹，把她身上

已經沾滿泥巴的衣服脫下來，馬上抓摳小妹去用清水洗乾淨，因為摳小妹全身都是魚塭的魚腥味。

　　摳小妹玩上癮了，忘記摳妹麻才花了九牛二虎之力把她給洗乾淨，也忘了摳妹麻的叮嚀，趁著摳妹麻不注意又溜下去玩水，摳妹麻心灰意冷，決定不理摳小妹，讓摳小妹玩個痛快，再加上要出心中的一股怨氣，所以她抱著摳小妹走到魚塭中間，「撲通」把摳小妹丟到魚塭裡，只見摳小妹一臉驚慌，拼命地往岸邊游。由這個故事我們可以知道，千萬不可以得罪摳妹麻，哈哈哈。

　　兩個小時過後，摳妹拔和KINDA拔的魚竿仍沒有動靜，摳妹拔決定帶著摳妹麻滑竹排子去魚塭裡用網子撈魚。此時的摳小妹還在魚塭邊玩得很愉快，摳妹麻為了測試她是否會游到魚塭中間，所以坐在竹排子上大叫：「摳小妹～摳小妹～快來救我阿！」摳小妹聽到摳妹麻的呼喚，馬上開始尋找聲音的來源，發現拔拔麻麻都在魚塭中間的時候就大聲地吠，此時摳妹麻又再度對摳小妹進行愛的呼喚：「摳小妹～快來救我阿！」摳小妹怕被水淹沒，所以一直在淺水區域痴痴地望著越漂越遠的拔拔麻麻的身影，發出「嗚～嗚～」的哀嚎聲，似乎在呼喚別人能伸出援手。「看來這傢伙還算有點良

心。」摳妹麻心裡想著。

半小時過去，摳妹家還是無功而返。就在大家要放棄去吃午餐的時候，聽到KINDA拔的聲音，原本以為KINDA拔落水，沒想到有魚上勾了！第一次釣魚的KINDA拔有點慌張，在旁邊的三舅馬上出現，用熟練的身手把魚釣上岸。「哇～」城市鄉巴佬──KINDA拔、KINDA麻和摳妹麻不約而同發出讚嘆聲，因為釣上來的石斑魚好大隻，正當我們沾沾自喜的時候，三舅說話了：「這是小魚」，現場馬上一片寂靜……「這樣的魚算小？！」心中不禁滿是疑問。因為只是來釣好玩的，並沒有真的要帶魚回台北，所以我們就把魚放生了。

第九站「七海魚肚專賣店」。在魚塭玩了這麼久，肚子也開始咕嚕咕嚕叫，該是來慰勞五臟廟的時候了！這家店的虱目魚高湯清淡美味，讓人百喝不膩。特別推薦魚腸，新鮮且完全沒有腥味。店老闆十分親切，因為我們帶著三隻狗來用餐，所以老闆不時會來這邊看看狗。摳妹還蠻給面子，從頭到尾都乖乖地坐在地上，沒有亂跑亂動，可能也是早上玩水玩得太累了吧。

第十站「奇異果」。這裡的水果冰價格便宜、料好實在，摳妹也品嘗了這裡的美味剉冰，瞧她左邊一口右邊一口的，只差碗沒吃下去而已。另外，這裡還有超分量的霸王冰供人挑戰，下次應該讓摳妹來挑戰看看，應該可以打敗群雄的！

這次的高雄台南吃吃喝喝之旅，就在大家挺著撐得不得了的肚子畫下完美的句點，摳妹的肚子也是圓滾滾的，不知道下次又要到哪去吃吃喝喝？

燒不成灰的思念

作者：X. W. Yang
演出者：Y得

伸手接過朋友遞來的茶組——那只杯子漂亮的以手指扣住,活脫脫的人也跟著高雅起來。再將碟子逆光舉起探視,原本延著圓弧依次綻放的火玫瑰登時拋散開來,無影無形,一如花嫁的氛圍瞬間集中在「白無垢」上,迸射出溫情的光輝。從沒見過這麼邪氣的瓷皿,忍不住驚怪問道:「莫非是釉藥特殊?見了光顏色就會消失嗎?」

原來這就是所謂的「骨瓷」。在製作的過程中,混著成分30%～40%不等、以動物的骨頭細磨成的骨粉。因為富含磷酸三鈣,所以透光度、保溫的效果特佳。這番介紹無不令在場的友人稱奇,紛紛拾起櫥窗內其他的杯件組細細玩賞,獨留我一心念著眼前盡是「動物的骨頭」,不禁抱「杯」痛哭。

有一種粉紅色並不討喜,翻開來人名密密實實的印了一長篇還不夠,最後還得將「族繁不及備載」斗大放上;又如日前所收到的那張通知信,內容寫道愛犬「丫得」已於某年月日火化:「……現今緣盡,又幸蒙主人細心得以善終。所受恩惠滿溢於心。相信牠來世必會效力,以報主恩。……」丫得來世還得墮畜牲道,再當一回我家的狗嗎?真是奇怪的安慰。我是個怕寂寞的人,經常需要貓、狗的陪伴;但我同時又是個只顧著把內心的空虛填滿,很少善盡照顧職責的惡主人,若是因為沒讓貓狗「吊樹頭」、「放水流」的曝屍荒野,就有大功德,恐怕像我這類人是永遠存不了真正的善念。

寵物或許常被摹寫的神氣威猛,小巧玲瓏者也活像個娃兒似的嬌憨可愛,可如今要我寫下這共處十二年、不會說話的家人,卻只有因怨懟自己的無知而抖動不停的雙手,徒勞無功;當年親手抱進家門、百般寵幸的沙皮狗,最後卻枉死在人為的無知。

身為一隻沙皮狗,丫得生來就是老氣橫秋!光看牠坐下,就忍不住躡手躡腳的走近,伺機戳上幾下,好確認牠其實是因為眼皮嚴重下垂,所以總像

在打瞌睡。丫得剛來家裡的那陣子，適巧碰上我升高中的關鍵時刻，經常是在學校挨了板子後，回家還得被唸上幾句。索性搬張小凳子坐在丫得身旁，叨叨絮絮地埋怨起大人唯分數是圖的嘴臉，一遍又一遍的在心裡發誓，要是我將來有了孩子，管他愛讀不讀，別像他老母這等窩囊相便得！這一幅管教子女的未來藍圖也不知描繪多久，丫得這傢伙竟從鼻孔悶哼一長氣，接下來只聽得我指著牠的狗鼻子破口大罵，心虛的質疑牠是不是嫌我花太多時間抱怨！

爺爺和丫得當年在三光里一帶，是很神氣的組合！爺爺老來還保有一張帥氣的臉自然不說；丫得前胸斜掛霹靂腰包（內含狗鍊、零食、球），一副蓄勢待發的英挺站姿，隨時都可以開始今天的冒險事業。這對人狗拍擋一出現，享受到的注目禮幾乎可以使他倆臉皮麻木。丫得的「狗格」奇高，看見老弱婦孺從不會迎前主動示好，就算有嬰兒車經過，也會立刻停下腳步；小貓的張牙武爪、小狗的咆叫示威，牠頂多是眉頭一挑，小耳抖個兩下，也就沒事。夕陽經常幽他們爺狗倆一默，刻意將那幾隻腿的影形給拉長，盯著柏油路面遠看，會以為卡通「唐吉‧軻德」已接近尾聲，明日待續。

而待續的明日偏心地只屬於青春。爺爺的驟然過逝，丫得突然變得安靜，和皺疊不斷的皮毛相比牠好像也將過往豐沛的生命力打了幾折，彷若一張被遺忘在角落的魔毯，兀自呼吸，發臭。我也正值雙十年華，寧願費時妝扮，什麼布料好、什麼剪裁大方、什麼顏色的妝適合什麼樣的配飾⋯⋯也不肯費心去照顧一隻臭狗；我有很多的愛分給周圍的男伴，怕他們寂寞、隨時想知道對方是不是背著我尋芳問柳⋯⋯卻沒有多餘的精神多關照狗過得幸不幸福。人類的情感多半是自私得連隻貓狗也要壓榨、不肯放過：幼時要牠們負責可愛，長大要牠們負責取悅；孤單時要牠們的同情，狂歡時要牠們識相的滾到一邊。狗何辜？哪一輩子負我如此徹底，今生讓人糟蹋如斯？

終於，丫得被照顧的又聾又瞎。

起初沒有人發現丫得生病了，一味的氣惱地怎會大小便失禁，搞得整屋子臭烘烘。直到後來不吃不喝，四肢再也

55

站不直時，才驚覺事態嚴重！這隻狗已不復已往的意氣風發，光看牠吃力的坐下，就忍不住懾手懾腳的走近，伺機戳上幾下，好確認牠其實是因眼皮嚴重下垂，而不是斷了氣。癱瘓之後接下來日子，就是不定時的更換報紙，強忍噁心的衝動為丫得清洗被屎尿沾污的身體，吃飯也要把飼料弄糊後，先扒開牠的大肉嘴，再一匙匙的餵進口裡。最後連螞蟻都能輕易的排列成一行隊伍，搬運殘留在嘴上的飯粒時，我唯一做得好的，就是一遍又一遍的沖刷地板；彼此等待的已不知是生命的延續，還是死亡的解脫。

十二年前，丫得年輕時我們幾個兄弟姐妹都還小；等我們年輕時牠已垂垂老已。牠終期一生是個王老五，而今我們各個有了知心伴。那一日我偶然經過後門，聽見妹妹哭喪著聲音對丫得說：「還好你現在又聾又瞎，不然光要應付大家的眼淚和哭聲，一定會吵得受不了……」而丫得的眼睛雖然空洞，但仍把眉頭一挑、小耳抖了兩下，接著從鼻孔悶哼一長氣，彷彿在嫌妹妹花太多時間難過。連續幾個晚上，丫得被體內的心絲蟲咬蝕得哀嚎連連，家人搬出一張小凳子，輪班式的坐在一旁，規律的輕拍牠的身體，用力的告訴牠「要加油喔！」，心裡

懊惱著遲來的溫柔。

當年親手抱進家門的沙皮狗，往後的十二年也沒離家半步。今天不得已必須抱牠住院治療，離開這個疼愛牠卻也漠視牠的環境，我不經預設了丫得的立場，心想可曾期待過再回家？抱著牠進入所謂的病房——小鐵籠，也不在乎周圍有沒有人、或者丫得到底還聽不聽得見，細細的交待了：「你要乖乖的……明天一早就來看你……你不要亂動……你看住你隔壁房的貓在看你……再任性亂叫，就連住樓下的狗也會笑你沒出息……」可是丫得只是不安的挑動眉頭，努力的想要爬離陌生的動物醫院，我實在不忍再看下去，硬著心腸離開。路上故作輕鬆的計劃著，明天探病時要帶幾罐「西莎」，連同牠的玩具、毯子等一併裝進霹靂腰包內。

可是丫得再也沒回家。

入院後不到十二小時，丫得就走了。

當我哭著衝進醫院，原以為丫得能挨到見家人最後一面再離開，等待我的卻是動物醫院的工讀生漠然的表情，及身後的「冰狗」。那側躺的模樣像是熟睡，更像平日不耐煩聽我把話說完，鼻孔哼出一長

氣的假睡表情。這隻我親手抱進家門的沙皮狗，走時，沒有人陪。

　　儘管和那家動物醫院有著醫療上的糾紛，我們最後仍然選擇請他們幫忙火化處理丫得的屍體。妹妹卻像瘋了似的，拼命找對方麻煩，一會兒調出用藥紀錄、一會兒又要求看當晚的監視錄影帶，把院方搞得人仰馬翻。家人都能了解妹妹的衝動，那已不是發洩，而是贖罪。

　　輕啜一口魁北克楊桃花草茶，舌頭說還太燙，左掌卻眷戀的包覆住骨瓷傳遞來的溫暖。心想著這是多少動物活過的證據，人為的雕飾彩繪，賦予新姿，重新攤在光源下，澄澈了紊亂的思緒。淚水攪和著茶湯，於是在搖盪的波紋中，重溫一場狗與人類的故事。

我家的
野蠻小狗

作者：琪琪魔女
演出者：BUBU

衝！衝！衝！不是台北縣長蘇貞昌在衝，是我家的小瑪BUBU又莫名其妙的在家裡衝過來衝過去了，每一天他總要全家衝個幾趟才甘心，不知道是不是精力太過旺盛無處發洩呢……但是他應該也不是青少年了吧……

話說我家小瑪，名號BUBU，又號ㄅㄨˋ阿（若試著用BU啊叫他，是否很像台語葫蘆的發音），今年四歲，射手座，所以生性好動，喜歡社交，幾乎不怕生，只差沒直接撲到人家身上去。雖然如此，卻也膽小，一點點打雷聲、雨聲，就叫個不停（所以颱風天我們家聽了一整晚的狗狗歌劇……）。若是聽到外面的狗叫，他也不能輸，一定要跟牠拼下去，但是呢，一出門就安靜了，叫都不叫一聲，甚至還曾經一邊叫一邊躲到人後面，真是狗仗人勢阿，在家安全，所以死命的叫都沒關係。

他是我們家最準時的鬧鐘，每天四點快五點時就先起床，就戰備位置端坐在床邊，仔細注意著外面的風吹草動，只要對面的博美狗五點鐘開始叫，他就咻一聲的衝出去，並且一邊衝一邊狂吠，人家叫一聲，他就非得叫個三四聲，任憑你在房間裡對他嚴厲喝止，或是輕聲呼喚，他完全無動於衷，先叫個高興再說。等到雙方大戰告一段落，他又回到被

窩繼續睡，或是窩在我們的腳邊邊（不過一不小心就會把他踢下去），或是來在我們中間當第三者，或是大喇喇的就直接睡在我的頭上（奇怪，他都不睡別人頭上喔，並且只舔我的頭髮，不舔別人的頭髮）。

要是他睡不著呢，就開始發動他的舔舔攻勢，開始在你的頭髮、臉上、手上，凡是露出棉被的地方，瘋狂的舔，用力的舔，舔到你醒來陪他玩為止。並且非常自動自發的把球咬到你的手裡，好像你不陪他玩就是對不起他。在家裡球可是他的重要玩具，但是出了家門，他可是瞧都不瞧一眼呢，畢竟外面花花世界好玩的多的是，球對他來說，搞不好是實在太無

59

聊，或是他怕你太無聊才拿來跟你玩阿，可是他給你面子陪他玩，你還要心存感激呢。

很多人家裡的狗愛吃，我家BUBU當然也不例外，一看到聽到有東西吃，就眼發亮，一下子就從被窩衝出來（嘿嘿，這不知道是不是跟主人學低……）。為了吃他可是不擇手段，可以兩腳直挺挺的站好一段時間，也可以一腳踩上你的大腿，臉就鑽到你的下巴，毫不猶豫的坐在你懷裡，對準眼前的美食，準備發動攻勢，要是你把他請下來，再用手阻擋一番，他也毫不氣餒，非要跟你周旋個幾回合，才無奈的離開，去一邊吃口味單調的狗食，一邊幻想美食的滋味。

有時候覺得家裡有一隻愛玩、愛叫、愛吃的狗，還真是又好氣又好笑。現在他已經完全把自己當作人一般的看待，我們睡牠就睡，我們醒他就醒，所以當我們三更半夜還精神奕奕，努力奮戰時，他也跟著不睡，有時候真懷疑我們養的是狗還是貓。不過也可能是他趁白天大家都出門時努力補眠，晚上自然有精神跟我們玩。現在他的周邊設備越來越齊全，除了衣服、領巾，連像嬰兒的背帶都有，可以把他背在胸前，騎車出門時，他的視野可是一級

棒，再也不用探頭探腦的，也不會一腳踩在人的腳板上，一面腳痛，一面還擔心他的頭會不會被撞到，會不會飛出去，當然他看到漂亮美眉要跳車也變成不可能啦。

因為從小到大家裡都養動物，或是狗或是貓或是鳥……還曾經出現過白老鼠、天竺鼠、斑鳩、兔子，還有魚，也因此對於動物都有一份特殊的感情，要是路上看到可愛的小貓小狗，總是湊過去逗弄一番，所以那種大狗往你身上用力撲過來的情形也常常發生啦。雖然牠們只是動物，但是牠們也很聰明，懂得讀你的心，家裡有一隻可愛的小狗，也不覺得孤單寂寞呢！

動 物 情

作者：李莉英
演出者：白斗・傑米

在我這平凡的人生中，留下了許多不平凡的動物情，年歲越老，記憶越深，有人說：「年青人的財富是青春；老年人的財富是回憶。」

一、小板凳

新婚不久，鄰居送來一隻吉娃娃，這小公狗的身軀只有我手掌那麼大，眼睛水汪汪地既大又凸，小臉蛋像個唱京戲的臉譜，模樣很特別。一身的黑白短毛，配上短短的 O 型腿，有趣的是屁股上還有兩個旋頂；聽說人的頭上若有兩個旋頂的，都比較厲害。果然，小板凳是狗小膽大，既便是大狗行經家門口，他也照吠不已，甚至衝出去專咬狗肚子（因為只咬得到這麼高）。到老年，牙齒鬆動了還是照咬不誤，絲毫不減威風。

他聰明會看眼色，看到好吃的東西，嘴饞卻不叫，硬是轉到我眼前蹲坐著，兩隻前腳抬起來，像個人似地乞求。至於「跑」、「跳」、「慢慢走」等

口令，通通不會混淆。上了年紀，就和人一樣睡覺會打呼，有時還真分不出這鼾聲是人？是狗？

在某個冬天，舉家欲遷往遠地，為體恤小板凳已年邁，而隔壁餐館主人一家又都喜愛他，心中幾番掙扎，只有忍痛割愛。當看到他彷若洞悉我心似地舔舔我的手、摩蹭幾下、蹣跚地步向新主人為他備好的溫暖新窩時，他那大眼睛直盯著我，人狗之間，有著滿懷難言的離情。翌年，專程搭機探望他時，已是一坏黃土覆蓋所有情懷。

二、白斗

這是爸爸心愛的公狼犬，性情溫順，模樣極為英俊高大，盡忠職守十四年，晚年患皮膚癌，雖經手術割除，卻已蔓延，致使後腿無力。天冷，我剪裁帽子、披肩為他禦寒，他真懂得我的心意，乖乖地穿戴著，默默地眼神投給我很多謝意；雨天，我為他撐傘，而他則一跛一跛勉為其難地出去走走，似乎是不忍拂逆我的好意。最終，他癱瘓了一天，不吃不喝地喘息著，在我們的淚眼中，永遠地歇息了。

三、傑米

有德國警犬血統的傑米，陪伴兒子成長，是玩球的能手，只要聽到「Football」，他的眼睛就發亮，

搶球身手矯捷。有一次，他的狗牙與我的小腿相撞，小腿立刻凹下半公分，痛得我哇哇大叫，他老兄卻得意洋洋地咬著球在我眼前顯威風。

為了避免感染Heart warm，本來每天餵一粒藥丸，後來因為他不願吃，而且藥的價格又貴，就這麼停下了。隨

著日月消長，轉眼他已十二歲，動作開始遲緩，慢慢也不愛吃飯了。某日，他忽然癱瘓，我急得邊哭邊打電話約獸醫，心中不斷地自責，是不是因為沒繼續吃藥而感染了心絲蟲？好不容易將他九十磅重的身軀連推帶抱地弄上車，把他折騰的都屙出稀屎，眼神也開始渙散，虛弱地喘息著。我哭著、禱告著，男主人要我別再折騰他，就讓他自然地走吧！我頓時沒了主意，不知如何是好，打了個電話給有經驗的妹妹，她說：「你就陪著他，摸著他說說話，讓他知道妳在身邊，這樣應該會讓他好過一些！」於

是，我輕輕摸著他，向他道歉、道別；唱著聖歌，眼淚不斷地流。也許他知道我還有班要上，就在四點半左右嚥下最後一口氣，留下足夠的時間讓我們和他告別，這也是他對我們的體貼吧！

四、喵李一家

公公每天午後總會推著娃娃車，載著三歲的兒子在村子裡散步。有隻狸花小野貓，不怕人，跟著走，走著走著，也就走出感情，一路跟到家門口。我備好食物和水，讓她自由來去。

轉眼一年，春夏之際，她生了四隻小貓在屋後杜鵑花叢下。兒子常去探望，她就全部帶離到另一安全之所。夏日午後，她叼著小貓，跳過鐵絲網圍籬回到後院，這時我們才有機會一見小貓盧山真面目——兩隻黑的小公貓、一隻花的小母貓，再加上一隻公的狸花白黃色小貓，有著粉紅色的鼻頭，真可愛。

有一天，是個炎熱的下午，貓兒一家圍坐在平台上，氣氛有些肅穆，中間放著黑黑濕濕的屍體。最初，我以為是貓媽媽在教孩子捉老鼠；數一數，不對！少了一隻小黑貓，原來是不小心溺斃了。在貓的世界，也有哀悼送葬？我取走掩埋，他們沒有攔阻、吵鬧，也許，我的舉動正合他意吧！

白花母貓很愛玩球，為了追球竟跑到下坡車道上，結束了小小的生命。那隻漂亮的黃白狸貓兩個月後不見了。剩下的那隻，全身黑亮的像貂皮毛一般，兒子就喚他mink，他性情出奇溫順，不抓不

咬，四歲兒子將他當馬騎，結果壓傷他的背，也不見他反擊，好在背傷日後無礙。平時若有野貓經過家附近，他則會勇敢地將其驅走，故而身上時常帶傷。幾年過後，就再也不見他回來，可能為保護家園而捐軀？

　　最後又只剩下早被結紮的老母貓孤單一隻。記得在醫院要填寫寵物姓名時，我傻在櫃台，平時只叫她喵喵，也沒個正式的名字，於是就學洋人將姓氏寫在後面，給她填了個喵李。頑皮的兒子常戲弄喵李，有次把她惹火了，竟站起來伸爪左右開弓地賞了兒子兩耳光，還齜牙咧嘴「喵～唔～」的警告。

　　直到她身上染上跳蚤，才開始不准她進家門，而她總是機靈地跟在我們腳後衝入。她高興起來，會喵喵叫兩聲，表示詢問是否能跳上我們的大腿，上來之後便伸出爪子踏呀踏的，還不時發出呼嚕呼嚕的舒服聲音。

　　去年五月，當我在她肚皮上發現一隻吸血蟲時，害怕的嚴禁她再進屋，也不敢再抱她，只有出門或回家時摸摸她的頭。六月，某一天晚上餵食時，她趁機摩蹭了我幾下，喵喵喵的好像有話要讓我明白，可惜我沒留意。年老的喵李，平日總是在家門口或前院蜷伏著，翌日早上卻找不到她。整整一週，只要我有空，就會在村子進進出出的叫喚著，

四處尋找她的芳蹤。婆婆說：「好貓好狗是不會死在家裡的。」我想也許喵李早就安排了她最後的歸宿；或許是在大樹下，早挖好他日埋葬自己的深坑，當她還能行動的時候，先躺在裡面，靜靜等待最後一秒鐘；或許她聽到我的焦急呼喚，但硬下心腸不應答，不願我看到她垂老模樣，為十五年的歲月留些美好的回憶。而我卻在自責中懷念著喵李，若是早幫她除蟲，讓她在家裡感受溫暖，是不是她會願意多陪伴我幾年？

真情物語—喵喵篇

我的寶貝Mimi
再見了

作者：吳冠昀

演出者：Mimi

要過年了，開始佈置家裡，把所有窗簾換過，換成蕾絲窗簾，雖然貴，但很值得，家裡氣氛都不同了。只是可憐了Mimi（貓），活動範圍更小了，只要我不在家，絕對不放她出來。如果哪天她抓壞窗簾，她就慘了！

我的Mimi不像貓，靈氣逼人，聰明活潑又可愛，不能忍受一分鐘與我分離，連我上廁所或洗澡她都要跟，覺得自己真幸運可以擁有這麼可愛的她！常對我的寶貝Mimi說：「你要活久一點陪我喔！」上課時有些資料想用手機照下來，因資料檔位置已滿，得刪掉一些相片。檢查了一下，都是Mimi還來不及傳到電腦的相片，選來選去，二十幾張相片竟然沒有一張是捨得刪的，才驚覺到我這麼的愛我的Mimi，覺得每一張都超可愛的，張張都能觸動我的心。

Mimi雖然可愛，但是她習慣抓人、咬人，雖然只是想和人玩，不是存心傷人，我卻已經被她的不小心弄得傷痕累累了，教也教不會，怪她她也不懂，她會莫名其妙的努力思考著：「我做了什麼？為什麼我的主人對我這麼兇呢？」真可憐！有時我的手、腳都會被她抓出血痕，再下去我要變刀疤美人了，不禁思量著要送回原飼主嗎？但我捨不得，怎麼辦哩？打電話給原飼主聊聊。

與原飼主所通的電話中才得知，兩個月前，當我帶走剛斷奶的Mimi時，這對小夫妻竟然哭了兩個星期，他們要我馬上把Mimi送回，並且不能反悔！這下換我傻眼了……豈不是另一個吳憶華事件？！Mimi真是超聰明、可愛、活潑，是他們的最愛（雖然他們家已有三隻貓了）。要我不能反悔？！這太嚴重了吧！不過，我會以Mimi的幸福為考量。哎！我怎能捨得那隨時緊盯著我的可愛的雙眼，和隨時回應我聲音那嬌滴滴的她。但是，聽到人家當初心痛的哭了，還能忍心不送回去嗎？那我呢？她已是我生活的一部分了！那對小夫妻給我的回答是：「妳趕快結婚就好了！」這……

所謂人算不如天算，因為要載我送Mimi回新竹的朋友爽約沒來，相反的讓Mimi可以留下來了，原飼主改變心意，不強要回去了。其實她剪過指甲

後，抓人已經不會有傷害力了。真好！Mimi還是屬於我。所以又留了她一陣子，但是有一天，遺憾的日子終究來臨。因皮膚起了疹子，醫生說可能是動物的毛引起，只好忍痛放棄了。唉！難忘的那一天，朋友開著車載我由台北往新竹去，沿路我一直輕握著她的前腿，望著她那疑惑不安的神態和她說話：「Mimi好日子來了！妳再也不寂寞了！」

到了那裡，看到他們，尤其那男主人兩眼發直（你可以感受到他是真愛Mimi，他說Mimi幼年曾快死掉，是他救回的），他突然拿出一張印好的紙要我簽字？！仔細一看，真是有夠誇張！送Mimi回去，居然還要我簽切結書，保證不會再把Mimi要回去，更誇張的是，條文中還寫著不能再看到Mimi，說穿了就是怕我再要回去。我不會要回去啦！Mimi跟著我太可憐了，整天沒人陪，才半歲就當怨婦。

我的寶貝Mimi再見了！謝謝你陪我度過這半年孤獨的日子，你是這麼的貼心可愛，根本

就不像貓咪。我萬分不捨，但是，我還是決定送你回去你幼小時離開的家，那裡有你幼小時的同伴們，和愛你的原飼主夫婦。當初你離開時，他們還為你哭了兩個星期喔，可見他們很愛你。從此刻起，你就再也不會因寂寞而抱怨，用哀怨的眼神盯著我，死命的黏著我。要不是你這麼的有靈性，我可能會較不感到虧欠。Mimi！你的好日子來了！你從此會不知道寂寞為何物！深深的祝你幸福，希望你能永遠記得我⋯⋯

送走Mimi後有點不敢回家，得先適應一陣子沒有跟屁蟲的日子，和那隨時凝望著我的眼睛。

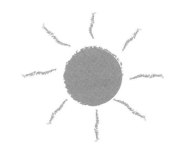

等我叫太陽起床的貓

作者：黃淑賢

演出者：喵喵

鬧鐘剛響過，但還是克制不了棉被裡暖暖的熱氣，轉個身，打算再和周公續攤，聊一聊剛才未完的話題。「喵嗚～喵嗚～」，什麼聲音啊？我的腦袋像被重物敲了一下，隱隱作痛；在半夢半醒之間，這是電話鈴響還是誰在按門鈴……打了個哈欠，準備帶著疑問找周公時，眼前出現了一個貓臉。

「啊！喵喵，」我揉一揉眼睛，「幹嘛這麼早起，怎麼不再多睡一會兒……」一說完，我馬上就後悔了。「喵～喵嗚～喵喵喵～」連續一個短音、一個長音，外加三聲急促超短音；喵喵聽到我的聲音後，既得意又狠下心似的，繼續喵嗚著，打算非讓我從棉被離開不可。

我假裝沒聽見，縮著頭把身體往棉被裡擠，但喵喵非但不罷休，還愈是變本加厲。「噠！噠！噠！」耳邊聽到牠來回的踱步聲，叫聲更是一聲比一聲急促；就像是上了戰場最前線一樣，眼見敵人就要攻打過來，吹號的士兵不得不義無反顧、視死如歸的用盡全身力氣，喵……嗚……。「夠了，」我舉起雙手「夠了，我投降了。」

喵喵見我起床，興奮的把尾巴用力搖晃，當然不忘再輕快的喵幾聲，叫我趕快跟在牠的貓屁股後頭，好像要帶我去挖寶藏一樣興奮。「啊！又來了。」我心裡暗嘀咕，知道喵喵要叫我幫牠做什麼。

71

拖著沉重的步伐，喵喵領我到廚房。廚房的地上有一個喵喵的用餐區，用餐區裡擺著一碗貓餅乾、一盆水、一盆貓咪草和一堆牠的東西。我假裝若無其事的喚牠，「喵喵，這裡還有好多貓餅乾，你看，還有剛發芽的貓咪草…」喵喵不領情的揹著牠的鬍子，等我把話一說完，「喵～嗚～嗚～」喵喵的眼睛裡好像有淚水似的閃著光，眼睛定定的看著我。我常在想，怎麼沒人舉辦個「貓咪說話比賽」或「貓咪裝可憐比賽」，我家的喵喵肯定會贏。

「喵～嗚～嗚～」其實這是牠在哀求的聲音。喵喵眼睛轉望著窗外，光線讓瞳孔急速縮小，牠快速的拍打著尾巴，嘴邊的那兩撮鬍子往前昂揚；我知道，這是貓兒興奮的時刻……

喵喵又看了看我，然後開始用後腳搔搔牠的腦袋，開始洗臉、梳毛，連腳底也不放過的舔了又舔，牠可愛的粉色腳墊清晰可見。「喵喵！」我蹲下身來輕輕叫牠，打算跟牠說一說道理。「嗚～唔唔～」，喵喵全身已打理乾淨，盯著我瞧，狐疑著我怎麼還沒把太陽公公請來……

是的！喵喵一早起來，費盡力氣帶我到廚房的原因，就是請我幫牠把太陽公公找來，讓牠可以舒舒服服的曬太陽。

這件事的原由是這樣的：連續好幾天氣溫驟降，太陽也不露臉，喵喵只能躲在自己的床裡，縮成一團睡覺，一睡就到傍晚。最近幾天好不容易氣溫回升，陽光從接近中午到下午1、2點的時間就會斜射

進廚房，眼看著美好的陽光，我心血來潮，把喵喵連貓帶床的搬到廚房，讓牠享受一下太陽的溫度。喵喵在驚喜中收下這個禮物，不過，從第二天開始，牠想提早收到一樣的禮物。

牠大概認為牠的主人——我，應該是無所不能吧！對於喵喵這樣可愛的貓咪，我也總讓牠予取予求，但是，這回不一樣了，我再怎麼神通廣大，也無法命令太陽一早出來就到我們家報到吧！明知喵喵聽不懂我的人話，我還是蹲下身來，細細的為牠說了一遍；喵喵一副雖不同意但仍接受的模樣，跳到我的腿上，要我抱牠回客廳床上。「喵喵！主人會一直幫你留意，等太陽公公到我們家了，我一定叫你好嗎？」「喵嗚～」喵喵瞇起眼睛，好像懂了，其實更像懶得聽我廢話。

我想，明天一定又是同樣的戲碼，倒不如我在廚房窗邊安盞大燈，喵喵想「曬太陽」時，就隨時都可以啦！只不過，這樣拙劣的手法，聰明的喵喵很可能會識破，到時候，又該怎麼跟牠解釋呢？

孩兒、妹妹、貓阿姐

作者：謝明皓

演出者：小龍・布卡

算算我和小龍共同生活的歲月，還比遠渡重洋的小弟久些！當初帶她回家的小妹也在去年成婚了。說起貓小龍，可真是一隻實踐「行萬里路」的文化貓，隨著我們南北東西遷了七次家，這幾年更遊歷了清境農場、苗栗飛牛牧場與乳牛合影、花蓮七星潭、東海岸、台東卑南公園、台南七股潟湖乘竹筏、高雄元宵燈會、美術館、墾丁海洋生物館、福華飯店……踏遍山之巔、海之濱，無貓能及。

記得那是有些陰冷的三月天，放學一回家便迎上眾人期待興奮的神情。「怎麼啦？」「是小貓，姥爺答應了！」國小二年級的小弟很得意地爭著報告。

越過他們，客廳中有隻巴掌大白底黑點的小貓正舔著盤裡的牛奶。慈悲的媽媽成天往家裡撿貓狗，照顧兩天又被外公掃地出門已是常事，這回的破例可是奇聞；只見姥爺呵呵笑著：「這小貓崽子真了得，走這麼遠的路來家，可是跟我們有緣份！」十歲的小妹閃著明亮的大眼睛說：「從中央大街就跟著我耶！我不知道

該怎麼辦？只得告訴她：『如果真能和我走到家，一定求姥爺留下妳。』」

為了取名經過一番激烈討論，最後，媽媽一聲令下：「叫『小龍』！今年是龍年，這樣我們很容易記得她的年紀。」「咦？人家是可愛的小母貓耶！」

除了媽媽，最疼愛小龍的就是小妹小弟兩個小學生，整天抱在手裡，甚至拿臉逗弄小龍，弄得臉上滿布細細的爪痕；我可聰明多了，用牛仔外套裹著手，以訓練警犬的方式教育小龍攻擊術。

但一開始我們可沒這麼相親相愛：懷裡小龍兩隻前腳交互踩踏、呼嚕呼嚕的安睡本是件幸福事，不過原來胸口該僅會有一灘口水印子呀！為什麼卻成了硬幣大小的洞？「可惡！我心愛的紅毛衣！」英明的母親對我的控告以意外事件結案，但隨之而來的是早晨上學沒有成雙的完整襪子，然後連運動褲都遭殃。看著我凶狠地追殺小龍，媽很不以為然「哎喲！這麼大個人

75

跟隻小貓計較……」「嘿！全家只挑我的咬，穿洞洞衣上學，別人還以為家裡遭老鼠呢！」「哼！喜歡妳的味道呀！那是看得起妳。」

小龍終於脫離叛逆期長成丰姿綽約的少女，媽媽自己怕痛，連帶捨不得小龍結紮。每當春情盪漾時，全家人都得努力轉移小龍的注意力，以免她高亢的聲音洩露出去，樓下鄰居又客氣的提著太陽餅來慰問。

藉著送我「成年禮物」的名義，媽媽救回一隻卡在廢棄洗衣機內慘叫兩三日的小花貓，就取名「布卡」。起初小龍震驚於不速之客的來臨，不過幾天功夫，便屈服於母性的呼喚。「姐～這樣沒問題嗎？」小妹上了國中，挺擔心布卡在小龍懷裡放肆吸吮的後果。「剛好小龍假懷孕，這下子真的當媽媽啦！如果沒奶水就當做吸奶嘴吧！」「太棒了！這樣就暫時不必擔心吵鄰居了。」

這對母女的感情真好，小龍總是讓布卡先吃飽，整天偎著睡覺、梳理舔毛。唯一苦惱的是沙發上午睡的家人，遭不知分寸的布卡彈跳而驚醒還算小事，爺爺有次來家小住，臨走時慎重警告我們：「家裡有鬼！」真是笑破肚皮。直到媽媽的眼皮被劃傷，我們才嚴格禁止布卡跟小龍的遊戲。

因為我的疏忽，貓兒們患了嚴重的呼吸道感染：強壯的布卡竟香消玉殞，小龍也留下天氣一變化就眼淚鼻涕狂流、氣喘不停的後遺症。病癒後的小龍除了跟媽媽遊戲，很懶得動了；若聽見擂鼓般的腳步聲，那是媽媽最喜歡玩的捉迷藏──轉角、樓梯、櫃旁、門後，一抓到就攻守互換。呵呵呵！兩位中年婦女還有這般好興致劇烈地追逐。不想這麼累的時候，媽媽剝一片愛吃的口香糖，將包裝紙揉成小球拋給小龍

撲打，薄荷的味道是小龍的最愛；那次媽媽出國，二妹買的口香糖還沒拆封，順手丟在茶几上，再注意到時已經被啃去一角了。

外公外婆移民美國多年，家裡新添的成員，小龍只接受腦震盪的傻瓜博美「咪咪」、和愛好和平的好好先生金吉拉「吉米」；混亂的戰國時代裡，小龍不停以實力證明她王者的地位，贏得全家人的尊敬。母親大人特賜「李」姓，以別於其他算是她孫兒輩的寵物，於是小龍從小妹的孩子「謝小龍」，正式成為我們最小的妹妹「李小龍」，官拜御前一品帶刀侍衛。小龍可不含糊，每天早晨蹲踞房門外恭敬地等候聖駕，媽媽起床了才開心喵喵叫，繞著媽媽的腳跟下樓來，才不像鸚鵡「來來」沒禮貌，六點鐘就不停叫著小妹的名字要飯吃。

媽媽和小妹小弟的移民對小龍再次嚴重打擊，整整一個月小龍不肯離開媽媽房門口下樓吃飯，悽慘地叫喚終日，壯碩的體型消瘦了三分之一。門若是

忘了關上，小龍就溜進去尋找媽媽；二妹看著不忍，乾脆破壞媽媽的規矩——敞開房門，讓小龍隨時可躺在媽媽的床上重溫舊夢。

　　換算成人類的年紀，小龍快老得可以當阿婆了，但我可不敢僭越母親大人，就尊稱她一聲「阿姐」吧！上了年紀的小龍更加孤僻古怪，除非晴朗的陽光照進客廳，她才願意打個滾、伸個懶腰；要麼躺在茶几上動也不動假裝面紙盒，不然就是出神地望著窗外，有時候我好奇問她「想誰呀？媽媽、妹妹還是弟弟？」她也只是「喵」一聲回答。

　　某一年台北的冬天特別冷，小龍走著走著忽然就倒下，喘得舌頭都發紫了，我衝去藥房買氧氣回來，哭著替小龍加油打氣。後來發現小龍的乳房有腫瘤，雖然不大，卻不敢冒麻醉風險而選擇觀察；好多年安然過去，而後一年、半年、四個月、三個月的復發期越來越短，操刀者層級也由獸醫系同學提高到請老師出馬；到最後跟小妹越洋電話的討論裡，她平靜地說：「姐，我養了小龍八年，妳也照顧了八年，所以現在小龍的主人是妳，一切由妳做最好的選擇。」

　　如何抉擇？在孱弱的身體怎麼承受腫瘤增大到即將潰爛而不得不屢次施行的手術，以及安樂死之間。猴年許願時我告訴小龍：「妳的小主人已經長大，老主人也過得很好，不用擔心而強留在世上。希望妳受最少的苦，以最平靜的方式離開。」

　　在復健歸途中睡去的小龍始終沒令我為難。回想臨終這個月雖是乍暖還寒的初春，週末卻都天氣晴朗，每次離開醫院，我們就到中正紀念堂的草地上曬曬太陽，活動一下筋骨，再幫她按摩舒壓。剛洗了澡的身體沒有因不良於行而沾染的氣味，腹部的毛柔軟而潔白，這些日子終於又豐腴美麗些。

　　小龍長眠在院子裡那張一起曬太陽的座椅前，伴著茉莉和桂花，和兩隻小風車，牆上是我畫的「睡覺小龍」，她一定很喜歡。這天剛好是星期日，收拾了一切，還有些許時間整理情緒，小龍一如往常的貼心！

　　也許四年後的二月二十九日，我已忘卻失去她的傷心，只留下相處時溫馨又有趣的記憶。

可愛小惡魔

作者：潘貞仁
演出者：腳丫子

前年八月，收養了一隻小小貓，給牠取名叫「腳丫子」。雖然牠是我的寵物，但牠對待我的方式，讓我覺得自己像是牠的玩物。

每天清晨大約五、六點，腳丫子就興高采烈的醒過來，開始蹭我的手心和腳底板。我下定決心裝死，牠就開始攻擊我的腳。那時候牠還小，嘴巴自然不大，但是張開來一口狠狠咬下的時候，可是痛到讓你眼角迸出淚來。但我堅持捍衛自己的睡眠，把腳曲起來藏在屁股底下，牠不死心的攻擊另一隻腳，我就有那本事連另一隻腳也曲起來繼續睡。牠裝腔作勢繼續攻擊了一陣子，自己也覺得沒趣，便轉移目標，開始在我身邊練賽跑、追尾巴，而且追得乒乒乓乓，十分起勁。

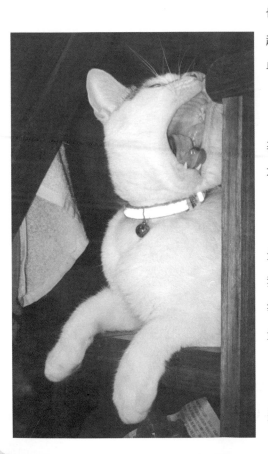

牠起勁，我可慘了。儘管賴著不起床，卻被牠吵得怎麼也睡不著。我心想，這貓真是奇怪，樓下明明有牠愛玩的玩具，牠為什麼不去玩，偏偏要賴在這吵我呢？

所謂「心有靈犀一點通」，說的大概就是我跟腳丫子了。過了不久，牠果然也想到同樣的問題。只不過，牠解決的方法，實在出乎我意料之外。這傢伙竟然到樓下把藏起來的逗貓棒、啃禿了的踢毽等等之類的，叼到樓上來，在我身邊自拋自追，玩得更是驚天動地。

有一天，半夢半醒之間，只覺得腳踝上溼溼涼涼的，心想大概是腳丫子拖了牠沾滿口水的玩具來，雖然這口水多得有點不太對

勁，但是補眠要緊。那溼溼涼涼的東西就這樣躺在我小腿上，直到我起床，才赫然發現那竟是腳丫子從水槽旁叼來的溼菜瓜布！

白天我上班賺錢給牠買貓罐頭貓餅乾，晚上回家還得為牠把屎把尿。牠呢？在家裡混吃混睡，好整以暇的專心等我回家變花樣找樂子。

話說，我才剛把鑰匙插入鎖孔，就聽到鈴鈴琅琅一連串由遠到近的鈴鐺聲。接著便聽到腳丫子在門的另一邊喵嗚喵嗚的叫得很大聲。門還沒完全打開呢！牠就迫不及待的從門縫裡擠出一顆變形的毛毛頭，然後開始牠的歡迎式。

古早古早以前，當我回家的時候，腳丫子並沒有所謂的歡迎式。我進門的時候，他會急急忙忙跑過來，臉頰隨便往我腳踝上蹭一下，就馬上跑到吃飯的碟子旁坐下，把牠的意思表達得十分清楚明白。

後來，我改掉一回家就餵牠的習慣，牠這才發展出一套像樣些的歡迎式。例如，牠會用力甩頭，努力讓自己清醒過來；又例如，牠會在我褲腳上磨蹭，一如他在櫃腳、桌腳上所做的一樣；又又例如，把前腳伸得長長的，背拱得高高的，伸一個大大的懶腰；然後，伸縮牠的兩隻前爪，在我腳背上抓扒。牠那尖尖的爪子抓在腳背上，很痛的。可是我還是要蹲下去摸摸牠的頭，稱讚牠好乖，牠則趁此機會擒抱住我的手，用牠的牙齒招呼我。

不知道是不是受同名之累，腳丫子對我的腳似乎特別有興趣。我在屋裡走來走去的時候，牠會埋伏在轉角處，等我經過時撲上來咬一口。出動前牠還會先扭一扭屁股，就像打高爾夫球的人在瞄準球時一樣。

隨著牠越長越大，腳丫子對我的興趣逐漸擴及手指。剛開始，我始終不明白，為什麼我進廁所時，喜歡跟在我身邊的腳丫子，怎麼老愛往牆上蹦？後來我才明白，原來腳丫子是想去抓我開燈的手指！

下班回家換衣服時，牠先是專注的盯著我扣鈕扣的手指，彷彿正在心算地心引力加距離似的。接著，毫無預兆的，牠連助跑都不必，就直接原地起跳，到達我

手指的高度。我一把撈住牠，牠則恩將仇報，開始奮不顧身的啃我的手指——我說奮不顧身可一點都不誇張，這傢伙完全不考慮平衡問題，扭著身子只顧尋找下嘴的地方，而且又踢又咬的；反倒是我比較怕牠摔下去，努力的在挨咬的劣勢中維護牠的安全。我曾想過既然牠不領情，乾脆放手任由牠掉下去，問題是牠不會掉下去，牠會用爪子勾住我的身體，那可痛多了！

後來，腳丫子更發展出把我更物盡其用的新玩法。當我彎腰舀水或刷洗浴缸時，腳丫子會跳到我背上，像整理床鋪那樣束抓抓西抓抓，然後舒舒服服趴下來，兩手搭在我肩上，探頭看我做事。牠最愛看水流入排水管時的漩渦，看到興奮處，還可以感覺到牠的爪子收縮起來，刺入我的肩膀……

佛家講因果輪迴。在我心中，始終對此有個疑問。這輩子我到底該怎麼做，才能在下輩子當一隻像腳丫子那樣為所欲為的貓？

緣─側寫小泰

作者：李少英
演出者：小泰

雨過天晴，老公貓小泰，蜷伏在陽台的一角，慵懶地享受著日光浴，打了個盹兒，瞇著眼舔拭著仍然濃密黝黑的毛，頸部已長出星點的灰毛，卻絲毫沒影響他的俊俏，看來，倒更有威嚴。不過，他是老了、倦了，常個把鐘頭蜷躺著不動，是睡著了還是在沉思？

女主人在魚池邊輕聲叫著：「魚兒，吃飯嘍！」大大小小七、八十條紅的、黃的、黑的、花的錦鯉全都浮出水面爭相覓食。小泰瞅著、瞅著，就趴在池緣上呢喃了幾句：「大魚兒，去吃大的食，別貪心！留下細小的給小魚兒吃。喂！你這傢伙太自私了。」又嘀咕著：「小魚兒，去吃小的食，你捨小吃大，太自不量力，等一會兒，什麼都沒得吃。」瞅了一陣，不聽話的還是不聽話，算了，管什麼閒事。現在，老了，若是前幾年，利爪一伸，不守規矩的必遭殃，才不會耐著性子好言相勸。提起這檔

事兒，就連唯一的兒子，那老大不小的小皮都管不了啦！

這幾年，不論是刮風、下雨或是心情不順、身體不適，都蹲坐在車庫門口，懶得走出圍欄外去貓房與貓友們一起吃飯。這種時候，女主人最懂小泰的心思，會在車庫單獨餵食，還不時摸著他的頭，憐惜地等著他吃飽飯。平常小泰會準時守在門口，等著女主人一出來就「喵喵」打聲招呼，再跟在腿旁摩蹭幾下，而女主人調拌魚罐頭和乾飼料時，必先給小泰吃點開胃，再一一點著名叫道：「吃飯嘍！吃飯嘍！」走向貓房。當然，貓友們也會準時守在圍欄外，那個不成材的小皮好像餓了幾天似拼命叫著，幾近聒躁地讓他老子小泰感到羞愧而不想見他。和事佬，黑白相間的康康，一定會迎過來，與小泰碰碰頭摩擦一下以示安慰，再帶領著眾貓去貓房。康康的妹妹是隻漂亮的黃、黑、白三色貓小乖，她則習慣翹著尾巴，優雅地小跑步。這對兄妹與小泰有深厚的十年交情，在同一個盤子吃飯，絕沒有問題。哪像小皮，既貪婪又好鬥，康康、小乖可以容忍他的粗野無禮，老子小泰卻不能共食一盤，以前教訓兒子，

伸爪打幾下，小皮還會收斂一點，現在小皮的利爪更銳，趾高氣揚地反擊，真是大逆不道。難怪小泰不願見他，見了就不舒服嘛！一想起小皮豎起耳朵，翹直尾巴，一臉想打架的樣子，就厭惡地倒胃口。雖然，他遺傳了一身黑亮的毛，還有傲氣十足的棕色眼睛，那又怎麼樣呢？父子有緣？還是無緣？小泰的思緒飄向更遠的記憶。

十年前，小泰六個月大的冬天，某一個陰霾的早晨，養了他四個月的前主人，抱起小泰，摸著黝黑的背毛說：「Tiger，我半工半讀，不方便再養你住在公寓裡。給你找了個好人家，他們很愛動物，收養了五隻狗、十隻貓。這家的大女兒還是台大畢業的獸醫，一定會好好照顧你。」說著說著就將小泰放進米袋裡。小泰嚇壞了、拼命地掙扎：「不！不要，我要留下來！」任憑他聲嘶力竭地哭求也沒有用。這就是命吧！

一個新的地方，小泰躲在桌子下面，睜大眼睛，豎起耳朵，把尾巴盤繞在前腳上蹲伏著，他的鬍鬚在顫抖，他的心跳得很快，呼吸急促地傾聽和觀察這新環境的一切。他集中精神地感受，這兒的空氣瀰漫著貓味，是友善的貓世界。

很快地，小泰就愛上了這個新家，名字是獸醫大姐取自「康泰」的「泰」，與原來的Tiger音差不多，這家人不喜歡取洋名，大姐說：「小泰的動作、長相極似黑豹，將來必是大材！」這句話，真受用，小泰謹記在心，努力學習提升自己。日子在快樂溫馨中過了五個月，主人舉家遷往郊區的農莊，地方大，見聞也多。這兒的原主遺棄了十幾隻大小不等的貓，因為養在屋外，野性在所難免，少不得要有幾場惡鬥。雖然主人早已備好寬敞的貓房，可是年輕氣盛、不認輸的公貓忍不下自己的地盤被分佔，初時，兩方貓咬貓一嘴毛是小事，

皮綻血流掛彩是大事，把獸醫大姐忙壞了，全家人都派上用場，充當助手來護理療傷。思及此，小泰不禁呼嚕了一聲，露出少有的笑容。呵呵～那可是一段開天闢地的歷史。

小泰是怎麼當上老大的？他恩威並施。他知道什麼時候該低聲說話，什麼時候該用點武力。他就是有辦法，很快地，穩住自己的勢力範圍。在農莊居住，真愜意，帶領他們抓地上的田鼠、倉庫的老鼠、樹叢的小鳥，追逐嬉戲，累了，蜷伏在草叢裡睡一會兒，日子真好過。在貓的社會，有一定的秩序，大家過了幾年快樂逍遙的好時光。

直到有一天，在灌木叢裡閃著一對邪惡的眼睛，是一隻流浪貓，是流氓。他在探索四周的一切，然後囂張地用那咄咄逼人地咆哮聲顯示他的威風，塊

頭比小泰這十五磅重的身軀還大的多，一身灰色髒兮兮地短毛。小泰為了保護他的領土、子民，也齜牙咧嘴地咆哮著，豎立起全身的毛，夾著耳朵，一步步逼近，他威脅地瞪著流氓怒叫：「滾出我的地盤，休想撒野！」利爪左右開弓迅速落在流氓頭上，激怒了流氓，兩個身影立即纏鬥在一起……這是一場前所未有的激戰。小泰使出吃奶的力量，險勝，卻也挫了他的銳氣，全身傷痕累累。獸醫大姐在外地工作，就連妹妹弟弟也在外地讀書，家裡只有女主人和她已九十二高齡的老父。小泰的傷勢日漸嚴重，電話中，大姐斷然地要女主人操刀，急救小泰腫大潰爛的左耳。女主人老眼昏花，再加上淚水更是模糊，偏偏又是

晚上，老父拿著手電筒照亮著患處，小泰痛苦地低吟聲在麻醉藥效下停止了，一切都靜悄悄地，只有父女兩人緊張地喘息與間歇地鑷子、刀、針等等落盤的碰撞聲，一堆膿血沾透了紗布……。從此，小泰的心也在滴血，其他的傷都好了，可是……魚池的水倒映著扭曲的左耳，他不想再昂首闊步走向貓房，整日躲在車庫裡，沉沉地睡，沉沉地睡。

女主人看到此景非常內疚，就拜託性情溫順善良的老母狗小壽去陪伴小泰，看他們依偎在一起，讓小泰暫時忘了他是貓老大，黏著像頭小豬的小壽，跟他同碗吃點狗食，跟他一起在圍欄裡的花園散步、晒太陽、睡午覺，開始了新生活。

2002年2月23日一大早，小泰就看到一隻黑背棕肚很可愛的小母狗，眼睛黑亮的彷彿不知世間的悲苦，也不明白她的主人為什麼要棄養？在她單純的心裡或許認為這兒有同類就不孤單，於是畏畏縮縮地在圍欄外徘徊。小泰很喜歡她，就慫恿小壽吠幾聲把女主人叫出屋外。「二二三」就此進了圍欄內，她聰明活潑、吃飯知道禮讓，玩耍知道有分寸，迅速和小壽、小泰建立了友誼。一老一小的狗友治癒了小泰的創傷，小泰在幾番掙扎後，重新走出圍欄外探視昔日的貓友。

這段消沉的時日，貓世界也變了樣，生離死別幾番垂淚又奈何？小泰靜靜蹲坐在貓房，昔日的繁榮與今日的蕭條，讓他無語問蒼天，一切都隨緣罷！

Cat & Me

作者：貓貓
演出者：貓貓

2004/10/01

Oct，2003 遇見

晚上我跟同學下山吃飯的路上，突然看見一個小黑影跑過，我叫同學停車，然後下車找尋那個影子，是貓貓，躲到哪裡去了勒？我喵喵叫，結果貓貓也回喵了一聲耶，沒錯就是你了！我就立刻伸出手、快狠準低把貓貓抓起來，帶回家去。那是隻好可愛的橘子貓，大概只有2個月大吧，一直對我喵喵叫，應該是肚肚餓，我開了罐頭給她吃，沒想到貓貓三兩下就吃光了，而且吃完以後貓貓還打隔，一張可愛的小臉還有一個小身體，吃飽飽的，不知道自己為什麼一直「哦哦哦」的，真好笑。吃飽了之後就開始幫貓貓抓跳蚤，我跟男友同時在貓貓身上上下其手，沒想到貓貓這傢伙居然還很enjoy，呼嚕呼嚕起來了說，結果他自己在床的正中央睡著了，同時小尾巴還搖來搖去，超級可愛的～。

Nov，2003 貓王

話說跟貓貓一起的生活，真是要命說，貓小姐有自己的個性跟生活方式：看不順眼的東西，一定把它抓到爆；不想睡覺的時候，會叫大家起床陪她玩；肚子餓的時候，就立刻要吃。如果不依她把腳好好藏在棉被裡，心機重的貓大姐會攻擊你一整夜。清晨早起的貓貓如果心情好，會舔舔你的臉，要你起床來玩耍；如果她耍任性，會開始搗亂，例如把桌上的東西掃到地上……「鏘鏘！」這聲音聽起來清脆而響亮，像是手機，天啊！分明就是要逼我起來扁人，啊！不是！是起來好好給妳秀秀一下……

Dec，2003 長大

日子一天天過，貓貓的體積從當初來的0.8公斤，增加到2公斤，我們這對衣食父母還真是名副其實的貓奴啊！同時咱家阿貓的能力也越來越好。怎

麼說呢，貓可以躍上陽台去對外面唱歌的小鳥嗆聲（總有一天我會把你們通通吃掉）；還可以為了跳上衣櫃，站在床上該該叫（說：讓我上去吧）整一個小時，企圖透過念力，讓自己飛上衣櫃去，但是最後還是我這個做媽媽的出來替她解圍（應該說是替自己解圍），把她抱上去，讓家裡可以得到清靜。但是該該這招就不適用於當這小妮子看到天花板上的壁虎時了，因為媽媽沒辦法幫妳達成心願，只好精神與你同在了！

Jan，2004 回娘家

　　因為貓爸爸要回香港去過年，同時我這貓媽媽也結束了埔里的學業，便把貓貓帶回高雄去放寒假；但是因為我在台北上班，所以這一個月以來，貓貓是跟大阿姨一起生活。據大阿姨說，她晚上會先乖乖的對大阿姨咕嚕兩聲，哄大阿姨入睡，接著在夜深人靜之時，會發出一種怪聲音「鳥屋～鳥屋～」，怎麼，難道是在思念埔里的鳥兒們嗎？一定是思念讓貓貓蹲在地上，外加不停打滾……好吧，寫到這裡我不得不承認，我養了一隻早熟的貓，但是當我發現這個事實已經是下下個月的事了……

Feb，2004 離家記

　　有天貓爸爸回家，看見原本不屬於貓地盤的衣櫃

上方，已經被貓貓攻陷，而她為了展示自己登頂成功的勝利與喜悅，將自己的生活必需品——貓砂從上灑下，害貓爸當場傻眼，決定今晚將這不受教的女兒關在陽台。隔天一早，我接到貓爸打來的電話說：「喂，我對不起你，貓貓不見了！」貓爸發現貓小姐一氣之下把所有的飯都吃光，然後開了窗子走人，貓爸對著半開的

窗子懊惱不已。貓爸在埔里街頭搜尋了一整天，都還是遍尋不到貓影，只好回家，沒想到在停車的時候依稀聽到貓小姐的呼喊，貓爸告訴自己這是幻覺，但是等爬到三樓，開了家門，發現貓貓舒服的坐在電腦上，昏昏欲睡，天哪！這是什麼世界？

Mar，2004 中性貓

最近天氣多變化，貓貓的喵聲也是，而且行為也越來越怪異，趨近於變態，讓人受不了（由於本文是普通級，故為維護讀者權益，將太A的部分省略）。後來，在鄰居投訴下，貓爸不顧我的反對，帶這小妮子去結紮了。貓爸說把貓貓帶去醫院以後，貓爸不忍心多看她一眼，只在醫院外抽菸，望著遠遠的貓影，貓爸不禁留下了傷心的淚，再強忍心中的痛將她帶回家。可能是麻藥的關係，讓貓貓腳軟，努力想站起來還是沒辦法，就算貓爸想靠近，她也不願意且變得非常具攻擊性，我想貓爸心裡一定比誰都自責吧！

Apr，2004 台北貓

由於我在台北的生活穩定了，就將貓貓的監護權改定，所以現在她要跟著貓媽我過著有教養的生活，要當個高貴的獨生貓。窗台旁邊的書本，是貓小姐的寶座，她喜歡趴在書本上，頭靠著窗子，眺望窗外的一舉一動，甚至是晚歸的我。晚上我下班，待機車停妥後，貓貓會在3樓窗台大聲喵（還不快點上來），我只好在1樓安撫她的情緒，讓她安靜下來，在衝上樓去開門，但是貓小姐還是不放過我，口中不停碎碎念，然後到門外的走道打滾、伸懶腰，以抒發一個人在家的苦悶。沒辦法，媽媽也不想讓妳一個人獨留在家啊，妳要知道，都市的小孩要學會自立自強喔！

May，2004 噁心鬼

不知道什麼時候起，貓貓開始嘔吐，地板上、書桌、門邊、浴室，不定期都會看見貓小姐嘔心瀝血的佳作；而我，除了給化毛膏，就是善後的份了。值得一提的是，我們家貓製的產品，大多是可以回收再利用的，因為這傢伙喜歡吃溫熱的食物，她會

先狼吞虎嚥的把食物都吞進肚裡，再透過發瘋似的亂跑亂跳，把食物在胃裡充分混合攪拌後，一股腦兒的吐出來，這時，已經把原先的乾飼料加工處裡成又香又軟而且是一長條狀的XX（實在難以形容），然後貓小姐就要來享受她的今日特餐了。坦白說，身為媽媽的我覺得有點丟臉，因為貓貓她還滿愛玩這遊戲的，而且屢試不爽。

June，2004 棒打鴛鴦

在我們336巷，其實還滿多野生貓的。一天清晨，我聽到了一個不一樣的叫聲，而且離我好近好近喔，勉強睜大近視眼一看，一隻龐然大貓在窗外，企圖要勾引我們家的無性貓。在這裡我不禁要說，我不得不佩服貓兒們的本領，畢竟我們家是住在3樓，這黑白貓是怎麼上來的，還是因為生理反應讓他貓性大發，衝上來我們家找貓小姐，真是可怕說。不過我一點也不擔心，我們家年輕貌美的貓貓小姐一來沒衝動，二來才不會看上這隻又老又肥的歐吉桑。但是我引以為傲的貓貓，卻不停抓著紗窗，想出去跟歐吉桑貓鬼混。真是讓我太生氣了，所以我立刻拿起貓兒最怕的東西，這樣法寶就是吹風機，硬生生把他們吹散，歐吉桑貓更是嚇的夾著尾巴逃跑。唉！貓貓，媽這樣做是為了要讓妳看清他的真面目，妳知道媽媽的用心良苦嗎？

Jul，2004 海量

不知到你家的貓愛喝水嗎？咱家貓貓的水碗對她來說根本是形同虛設，小妮子對於擺在食物旁的這碗水根本就是不屑一顧，甘願自己去浴室開發水源。有關這件事，我這做媽的也不想干涉她太多，就由她去了。可是我發現是我誤會她了，原來貓貓生性豪爽，太少的水她根本看不上眼，她喜歡的是洗臉盆size。沒想到我洗澡後無意間在臉盆留下的一些水，是貓貓的最愛。她喜歡在吃完飯後，小跑步去浴室，阿沙力的喝水，連我都自嘆不如啊！

Aug，2004 自作自受

貓貓其實還滿愛發瘋的，飯後、睡前、無聊，還有如廁後，不知道是

等下……走開！妳不准上我的床……

Sep，2004 屁股發霉

　　今年的颱風豪雨特多，天氣溼溼涼涼的，沒想到貓屁股就因此發霉了……真是家門不幸啊……貓貓每天必做的工作之一，就是將自己舔乾淨，包括菊花在內。忘了什麼時候開始，貓的小菊上都留有像米一般大的便便顆粒，久久揮之不去。後來在一次去看獸醫的時候，醫生說是貓貓屁股的地方長黴菌了。我的天哪，誰叫妳一天到晚喜歡坐在浴室，讓屁股溼溼的，然後便便又不拉乾淨，現在落得這種下場，害我都為妳感到羞恥，快點回家擦藥藥說。幫小菊擦藥也是一門艱深的學問，因為貓貓是活生生的動物，小菊更是會隨貓貓的心情起伏不定兒收縮，讓我有一種在性侵害貓貓的感覺，但是，不要說我變態，因為有貓因此而發出咕嚕咕嚕的聲音。天啊，我們真是變態母女二人組。

不是嫌棄自己便便太臭，還是拉完之後有一種說不出的快感，必須藉由發瘋來表達。貓貓嗯嗯完，抓了幾下沙子（如果太臭會多抓幾下），就衝出便盆，開始四處逃竄，上山下海。這次情況不太妙，她抓玩沙子直接衝向我的床鋪，仔細一看，她居然把黏在菊花（肛門的戲稱）上的殘便甩到我的床上，雪特！我的床單毀了，而且還超級臭。我立刻想把她抓起來海扁一頓，但是她的腳程特快，跑到浴室去，我追了過去推開浴室門，結果站在馬桶上的貓貓被我嚇一跳，導致她摔落馬桶裡。哈哈，活該腳都溼了吧。

2004/

　　總之，我們家貓貓的故事多的很，一時也說不完，有機會再分享囉！

94

真情物語—鼠鼠篇

哈娜・鼠辣 & ME …………BY 維

鼠來寶…………BY 白桔梗

哈 娜 、 鼠 辣 ＆ ME

作者：維

演出者：鼠辣

依稀記得三年前，我遇上了我生命中的第一隻天竺鼠——哈娜（日文發音）是她可愛的名字，由於她是3色花般的鼠鼠，因而命名。最初，自以為楓葉鼠都能大量繁殖的我，覺得天竺鼠應該不難飼育，因為連商店老闆都跟我說天竺鼠是最好養的。於是，哈娜來到了我家。短短的活了3個月驟逝，我像瘋子一樣狠狠的哭了一個禮拜，一向情感豐富的我，總覺得無力回天。半夜送她去急診，只知道自私的想延續她的生命，殊不知，我一直以來飼養的方式是一個很大的問題。哈娜走了以後，男朋友送我一本有關「小天」（天竺鼠暱稱）飼養的基本方法，不甘心飼養挫敗的我，想到就會一遍遍的翻閱，每一次看完，我都會傷心好久，原來從環境到飼料，我都天真地照著我的想法去準備，而親手殺了哈娜的人，竟然是那個自以為是的我。

於是，我只敢在經過寵物街（士林）的時候，默默的看著別人櫥窗中的小天，不敢再輕易的奢望去飼養。我男友都會問我「想養嗎？」機車哩！他不壞，只是愛在我的傷口上灑鹽，而我總會回答一句話「等我碰到一隻跟哈娜一模一樣的天竺鼠時，我就會毫不猶豫的帶牠回家！」其實我也在害怕，同樣的事情會再發生，畢竟，台灣有關於天竺鼠、倉鼠、一些珍禽異獸的飼養文書，都只是清描淡寫介紹一些基本生態罷了（因為大部分的介紹書籍都是翻譯過來的），比方說：準備怎樣的籠子，卻沒有說小天其實很容易感冒；說小天需要維他命C，卻沒有介紹是哪一種品牌可以參考；說小天需要專用飼料，卻沒有詳近的介紹適合吃的蔬菜；說什麼綠色蔬菜，卻沒有說哪一種吃了會讓小天脹氣不舒服……等等。也許台灣只是一個適合貓和狗生存的環境，而販賣小天的商家，圖利是唯一的法則，因為養不好，他們才有更多的銷售機會。至少我這麼認為，不信你問問店家要怎麼養，他們一定會回答你：粉簡單啦、比兔子好養、這一種飼料就行了啦，很少商家有真正飼養小天的經驗，單視這些小東西不過是店裡的過客，只會短暫的停留罷了。

在跟男友賭氣之下，我利用上網的時間蒐集有關小天的資料，網路上有許多一樣有飼養失敗經驗的人，作了不少詳近的介紹，感恩啊～。近來則因為飼養的需求提高了，一般有一點規模的店家也都有飼

97

養小天的專門飼料，也有專用的維他命嚕！

生命中的重逢……去年2月，我在熟悉的商家遇見了「鼠辣」（因為男友說怕她夭折，要取好養一點的名字，而此時，客廳電視剛好在播百事達的廣告，我差一點吐血），她跟哈娜一樣是母的，身上花色的散布方式也是一個模子。我雀躍的看著小小的她，輕輕的抱起端詳，因為這些日子以來蒐集的資料告訴我：第一步，就是要慎選一隻健康寶寶。於是我左看看右看看，連肚子都不放過，沒想到一看更是愛不釋手，鼠辣的肚肚花色分明，詳細的畫出了一個象限，由一個十字區分成4個色塊，粉特別。於是我走出門外，跟男友撒嬌說「老天又給了我另一個機會」，我興奮的拉著他衝進店裡，那一天，他只是帶我去買兔子跟楓葉鼠的飼

料，壓根都沒有想到我會剛巧遇上一隻跟哈娜一樣的天竺鼠。之前他看到我嚎啕大哭的樣子，不希望我傷心，所以一開始一直持反對票，最後在我的執拗下，他只淡淡的問了我一句「如果這一隻又掛了呢？」我賭氣回答「那我從今以後不再飼養天竺鼠！」他見我急得慌（店裡一堆人盯著我的小天看），於是答應嚕！其實，我男友也疼哈娜的，哈娜走的時候他也傷心了好久，我眼角的餘光，看他像見到哈娜一樣驚喜的眼神。然後我高興的採買著所需物品，外加天竺鼠的專用飼料，提著小小的一直發抖的她，跟她說話：「乖，跟媽咪回家嚕。」

鼠辣是她的名，原本要叫她四分衛，男友冷冷的說：「她是母的！」叫「鼠辣」就不難聽嗎？算了，他肯再讓我養小天，我已經粉感恩了，就依他吧！起初的一個禮拜最重要，是小天能不能適應的關鍵期。小天是一種看似塊頭有點大卻膽子極小的生物，又由於超越人類數倍的聽覺，一點點的聲響都會讓她佇足和定格。看她探頭探腦的窺伺著新的環境，像小偷一樣躡手躡腳的匍匐前進，屁股卻怎樣都不離開小小的房子，任身子愈拉愈長，深怕引起我們的注意，卻沒有料到我們一直都用眼角的注意力盯著鼠頭鼠腦的她。小小的生命也有令人感動和驚喜的地方，像當初的哈娜一樣，我知道我會更

用心的照顧她，好像帶有贖罪心態一樣；另一方面，我下了重大的賭注，男友因為哈娜未再開啟的心房、我以後能不能養小天、鼠辣能不能生存下來……關係著一連串微妙的情感運作與聯繫，我得加加油才行！我在心裡吶喊著：我一定要成功～乾八爹（日語：加油）……

我們家的鼠辣小姐，於一週後開始調皮搗蛋嚕。起先，每當肚子餓的時候，她總會發出「ㄍㄨㄧ～ㄍㄨㄧ～ㄍㄨㄧ～」的聲響引人注意，接著越叫聲音越響亮，對！就像聲樂的發聲練習一樣，我的天啊，這一些聲響不只是我們一般用餐的時候才聽得到，有時候作夢還會夢到我在餵她。她跟哈娜有著

99

迥然不同的性格，我半夢半醒的餵著飼料，心裡一直嘀咕著一定是我上輩子欠她粉多。我必須用兩種飼料交叉餵食，一重複，她大小姐就耍脾氣，整碗拿來舖地（心在泣血，她都不知道專用的飼料不便宜，也是啦，不用她賺錢買，嗚……）。

每週洗一次澡，換兩次木屑，偶而餵她吃綠綠的蔬菜、蘋果、李子、牧草……等等，最重要的是一個月剪一次指甲，因為指甲過長，她小小的腳趾頭會因而彎曲受傷；嚴重的話，傷口會化膿，跟貓貓和狗狗一樣。還有啊，天竺鼠生性膽小，常常會被突如其來的聲響嚇到，比方說：打噴嚏的聲音、湯匙掉在地上、電視突然有劇烈的聲響，這都應該拜她靈敏的聽覺所賜。因為她性情溫和，也可以和兔兔一起飼養（兔子太大隻的不建議）。抱在身上的時候，她不會像楓葉鼠一樣，一直掙扎，反而像兔子一樣，就這麼乖乖的讓你抱著。天竺鼠也有靈性的喔，喜歡你溫柔的摸摸她，小聲的跟她說說話，日子久了以後，每次我只要一身疲憊進了家門，總會聽到她悅耳的歡迎聲。其實，也不是說她聽得懂人話，書上是說小天因為聽覺敏銳，所以會記住常常接觸的頻率，這個好像是所有動物都具備的，說起歡迎聲（說穿了，就是聽到餵食的人出現之意），當

知道有一隻乖巧的小寵物等著你進門，抱在胸口時還會用額頭頂你的下巴，像在撒嬌一樣，想想又何嘗不是一件幸福的事呢？！

現在，只要網友問我養什麼寵物比較好，我都會回答天竺鼠。對於一些居住在外的人而言，天竺鼠好照顧，不像貓狗需要大的空間；會撒嬌；不需要帶她出門散步，了不起放她在家裡跑一跑；她會發出「咕～」的高興聲響，比起兔子不出聲，天竺鼠可是聰明得多，知道發出聲響提醒你「我要吃飯飯囉」、「要喝水水喔」；如果全都好好的，她還是發出聲響，那麼可能是會冷喔（小天適合居住的環境是26～36℃），若沒有保暖的工具時，找一張可以整個籠子覆蓋住的布，留下一個小小的通風孔約拳頭大就行了。

我家的鼠辣現在圓滾滾的，在我家呆一年囉！好好的用心飼養，她的壽命可以長達5年喲。正在閱讀這篇文章的朋友，如果你正因為房東說不得飼養貓狗而有所遺憾，又覺得兔子不會發出聲響而猶豫不決，那麼相信我，你養過小天之後，一定會愛上牠。

鼠來寶

作者：白桔梗

演出者：呆呆‧阿ㄆㄧㄚˇ

「呆呆」和「阿ㄆㄧㄚˇ」，這一對不知是在哪個冬天早晨冒出來的一對寶，是咱們家這一兩年來的新寵。

金毛呆呆，是個小男生，天生就個性浩呆，活動力十足，因此被叫作呆呆。他時常從桌子上掉下來，卻不知道自己身處何處，似乎神經要比人類還粗，但也許如此，他也是唯一一隻跑過我們家每個房間的小淘氣。

棕毛阿ㄆㄧㄚˇ，是個害羞的小女生，吃飼料只吃葵瓜子，喝水只喝礦泉水，睡覺也只睡自己的小窩，還要鋪上三分滿的木屑……有著貴族般的生活，養尊處優的過著每一天。可是我想，她最受不了的，就是要整天跟那隻有點腦震盪的呆呆一起過活吧！

不知命運是怎麼的安排，彷彿乞丐郎君與千金女的戲碼，已在我家的小老鼠籠子裡展開序幕……

異性相吸，這四個字源遠流長，從古代版的亞當夏娃到現代版的呆呆阿ㄆㄧㄚˇ，證明了時間是可以培養出感情，儘管當初看他有多

傻。呆呆和阿ㄆㄧˇ這一對寶，看似疏遠，實則親密得很，在認識後的第三個月，我就懷疑阿ㄆㄧˇ是否有了身孕，不但脾氣暴躁、食量驚人，雙眼更是流露出銳利而帶有殺氣的眼神，呆呆似乎也成了阿ㄆㄧˇ囊中玩物，夜半常有哀嚎聲不斷，也不是一兩天的事了。

這一天我起了個大早，照慣例，掀開披在籠子上的黑衣裳，準備幫他們加食物和開水，只是沒想到……萬萬沒想到……我先前的懷疑竟不再只是懷疑……四隻粉紅色活生生，加上一點血淋淋的小不

點，就這麼的依偎在阿ㄆㄧˇ身旁，看得我眼睛差點中風。

第一次作阿媽，說真的，我連怎麼煮雞湯都不會，要怎麼幫阿ㄆㄧˇ坐月子啊！情急之下，趕緊打給我的另一半，經過了許久的討論，我們才決定先按兵不動，晚上看看情況再說，就這樣懷著忐忑的心情上課去！

之前曾聽說過，有母老鼠會吃小老鼠，甚至還留下一顆頭來驚嚇主人，雖然後來查資料得知那是因為母親覺得有危險，把鼠寶寶藏進頰囊中，但因為藏太久，鼠寶寶窒息而死，母老鼠才會把鼠寶寶給吃掉。但是在學校上課時，滿腦子卻還是怕那一幕幕怵目驚心的畫面會發生，晚上回到家，我便小心翼翼地掀開黑布，很擔心斷頭谷的畫面會接著乞丐郎君與千金女接演下去，所以當天我們都不太敢接近他們，就讓那一窩六口沉浸在他們的天倫之中。

隔天早晨，我準備了蛋白要給阿ㄆㄧˇ進補，但，問題來了！因為不知到底要從何放入，從籠子裡的一樓嘛，怕

阿ㄆㄧㄚˇ聞不到或是被傻傻的呆呆給捕走；放二樓嘛，怕阿ㄆㄧㄚ一覺得不對就會大開殺戒。在兩難之下，為了小不點們可存活的機率著想，我們選擇先放在一樓，靜觀其變。

一掀開小黑衣時，我依舊擔心著小不點們的安危，但就在此時，更不可思議的事，接連的發生……是呆呆，是平時看來傻傻的呆呆，此時竟也圍在小不點們的身旁，和阿ㄆㄧㄚˇ形成了一個圓，就像鎮暴警察圍著總統府一樣，滴水不露，而小不點們就在他們中間，扭啊扭的，任意的擺動，還差點沒吸錯了奶。這時的呆呆，似乎正撫摸著阿ㄆㄧㄚˇ的臉頰，欣慰地說：辛苦妳了，要是我能幫妳生有多好，妳儘管休息，早飯我來作就可以。

哇……我感動了，我真的感動了，心中原本恐懼的想法被完全取代，原來小動物間也有著如此石頭般堅硬的感情，我好高興，高興呆呆成熟了，哪怕是因為「腦震盪」才這樣也好。我趕緊把蛋白放進籠子，跟預料中相同的是，呆呆先跑了下來，但他卻不是像之前般的狼吞虎嚥，而是把蛋白儲在自己的嘴裡，到二樓後吐出讓阿ㄆㄧㄚˇ先嚐，天啊……我真的不敢相信我自己的眼睛，一隻小老鼠有如此大的情操，他的父愛和疼惜老婆的心，一定可以

成為鼠界美談。

一天天過去，四隻小不點也長出了柔軟的毛，睜開了雙眼，小巧的模樣真得人憐愛。但要照顧這六隻小老鼠可不是一件簡單的事，所以，我們決定要分送給有意要養的親朋好友，希望小不點們能有好的歸宿。

送出一隻隻的小不點，沒想到竟會讓我不捨地鼻酸，本以為只是送出找麻煩的小淘氣，但一天天的看著他們長大，怕他們餓，怕他們冷，一種捨不得的心就愈是強烈。聽說他們現在都吃得好、住得好，好到有的似乎過胖，但願下次有機會見到他們，跟他們說：很想念照顧你們的那段日子。

真情物語—豬豬篇

啾…………BY 陳巧菁

我家有隻迷你麝香豬…………BY 李怡慧

啾

作者：陳巧菁

演出者：啾啾

想養麝香豬的念頭，大約有一年多了吧！大家都勸我不要買，有次心血來潮上網找了很多豬豬的資料，於是更想買了，後來男友也覺得如果我喜歡就好，所以我就在網上找了買家，並且買了我第一隻豬豬。很多人都會用很噁心的口氣問我，怎麼會想養豬，我覺得是他們不了解肉豬和寵物豬的分別，我覺得豬很乾淨，我並不會後悔，也不想去在意別人說的一些話。

因為是在台北買的，所以賣家把豬豬用火車載來高雄，當天早上雖然還要上班，但是我還是堅持要和男友去火車站載牠。當第一眼看到小豬時，我真的是說不出話，因為我從來都沒親眼看過麝香豬，只有看過照片，牠比我想像來的小很多，看到他在籠子裡，想必牠一定是很害怕的在那裡待上24小時，所以我會更加的疼愛牠、照顧牠。

我們給牠取名叫「啾啾」，93年7月3日出生，是個超級可愛的小女生。啾剛來時，對我們很陌生，抱著牠，牠都會很沒有安全感的叫。記得第一次男友幫牠洗澡，啾啾叫得太恐怖，像殺豬一樣，使男友嚇到，完全不敢再幫牠洗澡。牠上廁所也是隨便亂上，怎麼教都不聽，讓我和我男友十分的想放棄，也時常為了教啾啾的方式而吵架，讓我真的不知道該如何是好。

啾啾剛來那陣子，我照正常的做法給牠吃適量的兩餐，可是感覺牠都不會飽，所以再用很多很多給牠吃；但我發現她就算吃再多，還是會要吃，所以我之後回復為正常給她兩餐適量。啾啾吃飯都很快，每次不用花到1分鐘，就把牠的一餐給吃完了。啾啾幾乎每天半夜都會把我們叫醒，一直叫、一直用牠的鼻鼻頂我們起來，我想牠應該還不記得牠的用餐時間吧！那陣子超感冒的，睡眠很不足，很痛苦。大約養了快1個月，啾啾開始不會陌生了，牠會讓我們抱，也不會叫。但啾啾還是不知道要在哪上

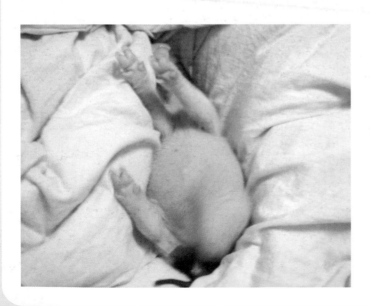

廁所，每次都在我們的床上尿尿，怎麼教牠都還是一直在床上尿尿，男友氣到就會打牠，但我們發現啾啾會記仇。有一次我打牠，晚上啾和我們睡覺時，就會尿尿在我頭髮上，後來又有一次男友打牠，牠晚上就在男友褲子上尿尿。之後我們就覺得打好像沒有用耶！還是要耐心教吧！

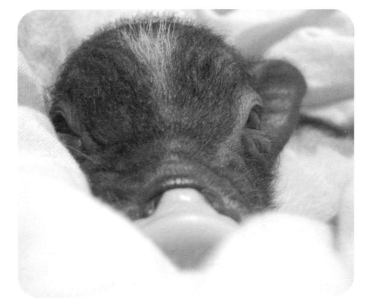

當2個月過去了，啾聽話多了。牠知道牠在床上尿尿是不對的，現在只要我們一回家，把牠放進籠子裡，牠就會自己上廁所，牠知道籠子是牠上廁所的地方，而床是睡覺的地方。帶啾啾出去散步，也不用鍊子牽著牠，牠會自己走在我們的後面，有時候衝到第一，還偷偷回頭看我們有沒有追牠呢！現在養啾過3個月，牠也4個月大了，已經習慣了我們，習慣了這個家。

啾啾的最愛當然就是吃東西，牠喜歡吃巧克力蛋糕。有一次啾啾正在吃巧克力蛋糕，我同學拿了2片蘋果麵包要給啾啾吃，啾啾聞一聞，吃都不吃，牠還是最愛牠的巧克力蛋糕。我打算等啾生日那天，買一個大的巧克力蛋糕，給啾啾一個人吃到飽，呵呵

呵…。啾啾還很喜歡別人誇牠很可愛，每次我們出去，牠都會緊緊的跟在我們的後面跑，但是只要有路人經過，牠就會停下來看路人，牠等待路人說牠很可愛，摸摸牠的頭，讓一群人圍著牠看，之後就跟著人家走了，每次都又有氣又有笑的把牠追回來，路人都說：「啾啾不要媽媽了哦！」有時候啾啾會停在路人的面前，看著路人，有些路人只是看看牠，不會誇獎牠，也不會多看牠一眼，啾啾看那個人沒誇獎牠，牠就會繼續跟著我們走，真是聰明。

我覺得啾啾很怕冷，牠喜歡的溫度好像是28度，牠冷的時候會流很多的鼻水，有一次她打了一個噴嚏，結果把一大粒鼻屎噴到男友手上，笑都快笑死我了，真是做得好啊！啾啾！又有一次我和男友吃中餐，之後裝肉圓的塑膠袋掉到地上，我們沒發現就出門了，回到家就看到啾頭整個卡在塑膠袋裡，然後往我們這裡跑過

來，牠又偷偷一個人在家時偷找食物了，牠可能頂著那顆頭4、5個小時了吧！拿起來時啾啾整顆頭都是肉圓味，哈！還真香啊。可愛的啾有時候很貼心，當我心情不好時，牠就會靠到我旁邊和我睡覺，就連牠平常最喜愛的被子都不要了，真的很貼心。

帶啾啾出去遛遛時，一定要緊盯著牠看，因為會有很多人也去遛狗，這時我就很怕啾變成那些狗狗的點心。每隻狗狗看到啾，都狂汪汪的要衝過來，有些狗狗有用狗鍊拉著，但每隻狗狗一定都會衝向啾，一堆主人因為拉不動自己的狗狗，都把牠們抱了起來，我們看到都快嚇死了，心臟怦怦跳，啾還很自在的散牠的步呢！可是最近我和男友很想讓啾啾跟狗狗玩，所以看到狗狗時，都會把啾啾放下來。我發現狗狗並不會吃牠，只是想聞看看啾啾是什麼東西罷了。有次帶他去很多狗狗散步的公園，我還是讓啾啾下來自己走，之後就有一隻拉布拉多過來找啾啾，牠就一

直聞著啾啾的屁屁，然後就突然嚇到跑走了，後來又有一隻巴戈來找啾啾，然後啾啾「go」一聲，那隻巴戈也被啾啾嚇跑了。現在啾啾都會故意走到有被鍊子綁住的狗狗面前，就一直在那狗狗面前散步，讓狗狗一直叫，這算是挑釁嗎？呵呵……

　　其實很多人好像都把迷你豬和肉豬歸類在一起，雖然牠們都是豬，可是迷你豬是寵物豬，和狗狗和貓貓是一樣的，我不喜歡人家對我說「我會不會吃啾啾」，真討厭！養了這隻可愛的啾啾後，我發現啾啾其實很聰明，只要耐心的教牠，牠也是能成為這世上最可愛的動物哦！

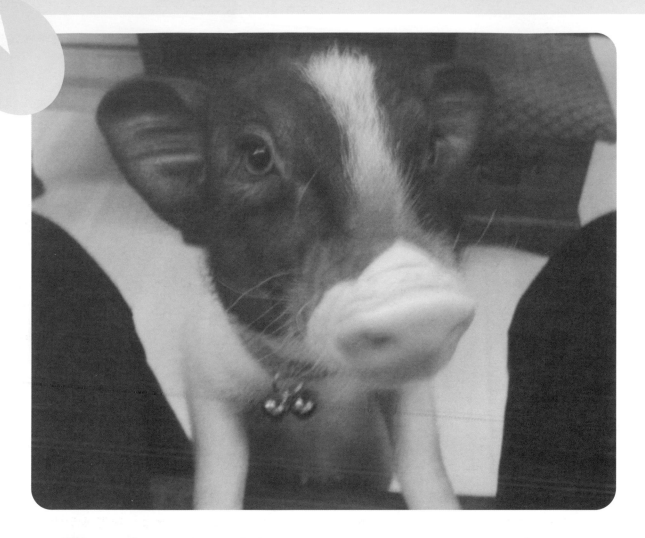

我家有隻迷你麝香豬

作者：李怡慧
演出者：Pinkie

小豬Pinkie剛到家的第二個禮拜，才一個多月大，不知道是感冒，還是第一次喝了一點加水的柳橙汁，所以拉肚子了。剛開始只是大便，幾分鐘就一次，沒多久就變成水水的便水，不止。Pinkie似乎很難過，在拉便便時一臉的痛苦表情。我也慌了手腳，又碰到週末，找不到會看小豬的獸醫，只好連夜Call賣豬豬給我的飛哥。Baby豬豬最怕腹瀉，很容易夭折。飛哥聽到了口氣也嚴肅了，告訴我要給小豬補充營養，找一點人吃的止瀉藥，給她一絲絲，加在飼料裡吃。看Pinkie難過的樣子，好心疼喔。便水一直出來，把給Pinkie當被子的毛巾全都弄髒了。她不肯睡在髒髒的被上，一直不肯躺下，只好換成幾張大張的紙巾，髒了就換。在被窩裡放了兩個暖暖包，替她保溫。那整晚我都沒睡，但我希望她去睡覺，所以沒有一直抱著她。我在Pinkie的窩窩前撫摸著她的頭，跟她說：「要好起來喔，要努力的好起來喔！馬麻很愛你的，我會好好的養你愛你的。不可以死翹翹喔。」Pinkie似乎也很努力的聽懂我說的話，很晚了，她終於躺下去睡了。我給她少量多餐，喝黑糖水，吃止瀉藥。到第二天小豬不再瀉肚子了。第三天才恢復正常。這之間我幾乎沒睡的照顧她，確定她能吃能喝。很慶幸，到現在Pinkie也一歲大了，都沒有再生過病。

小豬很通人性的，畢竟他是包括人類，第五聰明的哺乳類動物。我們在家裡給Pinkie吃零食都會要她「坐下」，搭電梯去樓下，她也會在電梯裡「坐下」，希望能因此多賞一點好康的。有時候電梯門開了，她就一腳踏在電梯外，然後站著不動，就是要我給她吃的。對不同的零食也有喜好，如果我在爆米花時，其他的人叫她，要給她吃東西，她都「聽不到」，只會蹲在我腳邊等，或用那力大無比的豬鼻子頂我的腳，要我給她吃。如果我媽媽在廚房裡切菜洗菜，她也是誰叫都「聽不到」，或有的時候應付一下，馬上又回到「阿媽」的腳邊等著食物從天而降。如果我坐在客廳不理她，她也會頂我的腳底要我站起來，問她要什麼，她會帶路，去放爆米花那，或拌飼料那裡，還是冰箱放她的青菜的地方。我很努力的教她不可以頂人，她現在不會亂頂人，就頂我一個！問她要不要「去走走」（出去街上便便），如果她馬上停止，那就是她想要出去便便。我家這個小潔癖豬不喜歡在家裡上廁所，除

113

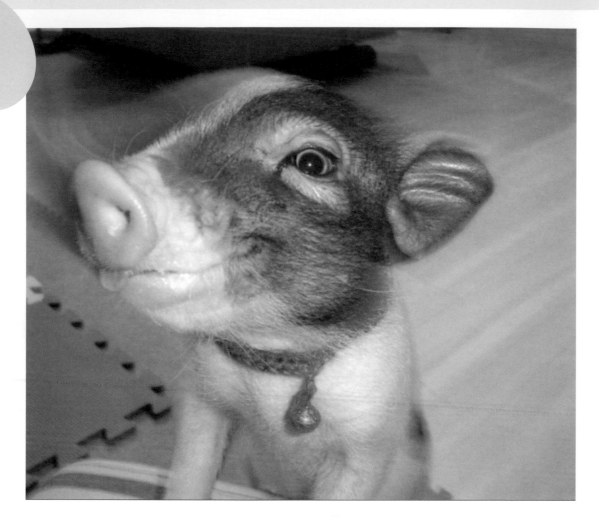

平時外出時間之外，常常因為尿急還會要求我帶他出去。如果我把我的房門關起來睡覺，Pinkie也會在門外撞門，找馬麻。反正每天都是「餓餓叫」，騙吃騙喝，不愧是豬阿！

小豬有的時候會使壞，亂咬東西，或去亂翻東西，所以得罰。可是，到現在我們都還找不到適合的「家法」打她。她小的時候，我用一個塑膠的旗竿（那時選舉剛過，正好廢物利用），有效嗎？沒有！用旗竿的圓頭敲了Pinkie幾下，這個傢伙居然給

我躺下來，肚子翻出來讓我給她「馬殺雞」。現在只要我媽說「鬆送（台語：爽爽）」她就會躺下來，要人家給她馬一馬，所以我們乾脆去買「不求人」給她爽爽。豬皮很厚，小豬根本不怕被打，想打她時都變成讓她很爽。雖然使壞時會讓人很火大，但她又同時讓我們全家哭笑不得。才罵她罵完，又讓我們狂笑不已。

小豬每天都很搞笑。我爸很喜歡看她玩報紙，她會咬著報紙，頭往左右甩，還會口腳並用，把報紙撕得碎碎的。爸爸在家時會偷偷放他出來瘋一下，再關回去，然後我回家時就得去收拾「殘局」。Pinkie會自己玩自己的遊戲，她會站在軟軟的地毯上亂跳，像隻小瘋豬，而且幾乎原地不動的轉180度連著跳，很厲害的，完全不是一隻懶豬。若被自己的影子嚇到，就狂奔兼學狗「汪汪」叫；弄得她不高興時，會學鴨子「呱呱」叫；吃飽了，滿足了，會出「咕咕」聲的在客廳裡閒蕩、舔地板；躺在地上被「馬」時，會發出「嗯嗯」的聲音；被關起來或快到吃飯時間，會「該該」的大叫；因為使壞而被我四腳朝天的抱起來，會用殺豬般的「呷呷」叫；平常被抱起來後，會「呼」一大口氣，一副很無奈的樣子，誰叫她不會自己爬樓梯，非要人家抱她上下樓呢。

總之，小豬很聰明、很黏人、很貼心、很可愛、很乾淨，除了愛吃，就是愛吃！雖然不像養貓狗那麼方便，但為了這個家裡的開心果，一切都值得！她讓我們家裡多了很多生氣，及笑聲。如果家裡有足夠的空間，真的很想多養一隻互相作伴。

我的陽光 我的寶貝

作　　者：大都會文化編輯部 編著

發 行 人：林敬彬
主　　編：楊安瑜
責任編輯：林子尹
美術編輯：Yvonne+洪菁穗聯合工作室
封面設計：Yvonne+洪菁穗聯合工作室
插　　畫：林子尹

出　　版：大都會文化事業有限公司　行政院新聞局北市業字第89號
發　　行：大都會文化事業有限公司
　　　　　110臺北市信義區基隆路一段432號4樓之9
　　　　　讀者服務專線：（02）27235216
　　　　　讀者服務傳真：（02）27235220
　　　　　電子郵件信箱：metro@ms21.hinet.net
　　　　　公司網站：www.metrobook.com.tw

郵政劃撥：14050529 大都會文化事業有限公司
出版日期：2005年3月初版一刷
定　　價：220元
ＩＳＢＮ：986-7651-32-4
書　　號：Pets-006

First published in Taiwan in 2005 by
Metropolitan Culture Enterprise Co., Ltd.
4F-9, Double Hero Bldg., 432, Keelung Rd., Sec. 1, TAIPEI 110, TAIWAN
Tel: +886-2-2723-5216　Fax: +886-2-2723-5220
E-mail: metro@ms21.hinet.net
Website: www.metrobook.com.tw

國家圖書館出版品預行編目資料

我的陽光.我的寶貝= My sunshine, my baby /
大都會文化編輯部編著. --初版. –
臺北市 :大都會文化, 2004[民93]
面；　公分

ISBN 986-7651-32-4(平裝)

855　　　　　　　　　　　　　　93022645

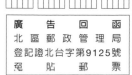
大都會文化事業有限公司
讀 者 服 務 部　收
110台北市基隆路一段432號4樓之9

寄回這張服務卡（免貼郵票）
您可以：
◎不定期收到最新出版訊息
◎參加各項回饋優惠活動

中央對折線

《我的陽光・我的寶貝》

大都會文化 讀者服務卡

書名 **我的陽光‧我的寶貝**

謝謝您選擇了這本書！期待您的支持與建議，讓我們能有更多聯繫與互動的機會。
日後您將可不定期收到本公司的新書資訊及特惠活動訊息。

A 您在何時購得本書：_____ 年 _____ 月 _____ 日
B 您在何處購得本書：_____ 書店，位於 _____（市、縣）
C 您從哪裡得知本書的消息：
　　1.□書店 2.□報章雜誌 3.□電台活動 4.□網路資訊 5.□書籤宣傳品等 6.□親友介紹 7.□書評 8.□其他
D 您購買本書的動機：（可複選）
　　1.□對主題或內容感興趣 2.□工作需要 3.□生活需要 4.□自我進修 5.□內容為流行熱門話題 6.□其他
E 您最喜歡本書的：（可複選）
　　1.□內容題材 2.□字體大小 3.□翻譯文筆 4.□封面 5.□編排方式 6.□其他
F 您認為本書的封面：1.□非常出色 2.□普通 3.□毫不起眼 4.□其他
G 您認為本書的編排：1.□非常出色 2.□普通 3.□毫不起眼 4.□其他
H 您通常以哪些方式購書：（可複選）
　　1.□逛書店 2.□書展 3.□劃撥郵購 4.□團體訂購 5.□網路購書 6.□其他
I 您希望我們出版哪類書籍：（可複選）
　　1.□旅遊 2.□流行文化 3.□生活休閒 4.□美容保養 5.□散文小品 6.□科學新知 7.□藝術音樂 8.□致富理財 9.□工商企管
　　10.□科幻推理 11.□史哲類 12.□勵志傳記 13.□電影小說 14.□語言學習（　語） 15.□幽默諧趣 16.□其他
J 您對本書（系）的建議：_____
K 您對本出版社的建議：_____

讀者小檔案

姓名：_____ 性別：□男 □女 　生日：_____ 年 _____ 月 _____ 日
年齡：1.□20歲以下 2.□21～30歲 3.□31～50歲 4.□51歲以上
職業：1.□學生 2.□軍公教 3.□大眾傳播 4.□服務業 5.□金融業 6.□製造業 7.□資訊業
　　　8.□自由業 9.□家管 10.□退休 11.□其他
學歷：□國小或以下 □國中 □高中／高職 □大學／大專 □研究所以上
通訊地址：_____
電話：（H）_____（O）_____ 傳真：_____ 行動電話：_____ E-Mail：_____
如果您願意收到本公司最新圖書資訊或電子報，請留下您的E-Mail地址。

My Sunshine, My Baby

*We must love them for the
rest of their lives no matter what happens.*

無論如何，請好好愛牠們。